앓은 날들이 어디 있으랴

강목어 지음

"내일보다 오늘을 위해 존재하기에.. 더 아름다운 것..."
- 꿈은 미래보다 현재를 위한 것..

그동안 꿈은 미래를 위해서 존재한다고 믿었습니다.

하지만 지나고 보니 미래보다는 현재를 위해 존재하는 것이 꿈이었습니다.

그래서 꿈은 이루어져서만이 소중한 것이 아니라..

이루어야 하는 것이 되어주기에 더 소중할 수 있는 것이었습니다.

한동안 내 자신이 이루지 못할 헛된 꿈을 꾸고 있다고 생각 했었습니다.

애당초 꿈을 이룰 재능도 능력도 배경도 없는데..

오직 꿈만을 바라보고 살아온 30년 세월이..

나의 헛된 꿈 때문에 '나의 오늘들'을 잊고 살았다고 후회 했습니다.

꿈도 이루지 못하고..

그 꿈 때문에 그날그날의 '오늘들'도 소중히 살지 못했다는 후회..

오늘을 행복하게 살지도 못하고..

내일의 성취도 이루지 못한 허허로운 인생..

그렇게 오랜 세월 간직한 꿈 때문에..

꿈이 이루어지지 않았다고 좌절하며.. 현재를 괴로워했습니다.

오히려 꿈 때문에.. 더 큰 좌절과 실망감에 빠진 것이었습니다.

30년의 꿈을 잃고.. 무엇으로도 위로가 되지 않는 날들..

그저 무기력하고.. 한심한 나를 보며.. 지냈던 날들..

그런데 가만히 생각해 보니..

잊고 있던 것이 있었습니다.

어두운 밤 홀로 걸으면..

저 하늘 달을 보고 걷고.. 빛나는 별을 향해 걷듯..

그런 어둠 속을 헤매지 않고.. 걸어 갈 수 있는 목표가 있다는 것만으로도..

그 목표들은 소중하고 고마운 것이었습니다.

깜깜한 밤,. 도대체 어디로 가야할지도 모르고..

두려움 속에 아무 희망도 없이 걷는 것보다는..

그래도 달빛, 별빛이 있을 때 덜 두렵고 덜 힘들었습니다.

굳이 내가 저 달을 차지하지 않고, 저 별에 다다르지 않아도..

그들로 인해 긴 밤을 견뎌낼 수 있었기에..

그것만으로도 저 달과 별은 소중했던 것이었습니다.

새벽이 찾아오고 아침이 밝아 올수록..

그 환하던 달빛, 별빛도 차츰 빛이 희미해지듯..

삶의 어느 지점이 지나가면..

그렇게 환한 빛으로.. 유일한 희망과 간절한 목표가 되어주던..

그 달도 별도.. 더 이상 그렇게까지 특별하지 않을 수도 있는 것이었습니다.

그렇다고 그 빛나던 달빛, 별빛이..

무의미했던 것도.. 허상이었던 것도 아니었습니다.

분명 그 외롭고 두려웠던 기나긴 어둠을 견디게 했었던 것은 사실이었습니다.

달을 따고 별을 따는 그 꿈이 이루어지든 아니든 간에..

그 힘든 시절을 견딜 수 있게 해준 것만으로도..

그래도 여기까지.. 이만큼이라도 잘 올 수 있었기에..

묵묵히 기다려준 그 달빛 별빛은 고마운 것이었습니다.

꿈이라는 것 역시 마찬가지로.. 그 꿈이 존재했기에..

힘겨움을 견디며 포기하지 않고 여기까지 올 수 있었고..

그렇게 삶의 긴 세월을 함께 해준.. 소중하고 특별한 존재였던 것이었습니다.

결국 그동안 꿈에 대해서 잘못 알고 있었던 것입니다.

꿈은 이루어져야만 소중한 것인 줄 알았는데..
이루어야 하는 목표가 되어주기에 하루하루가 더 소중할 수 있었던 것
입니다.

그래서 꿈이 소중한 건 나의 미래를 위해서가 아니라..
현재의 나를 위해서 더 소중한 것이었습니다.

꿈을 이룬 행복 때문만이 아니라..
지금의 내 삶을 더 보람되고 의미 있게 만들어 주기에..
현재의 나를 견디고.. 지금의 내 존재에 가치를 부여하기 때문..

결과 보다는 과정이 중요하다는 말처럼..
삶이 죽음에 이를 때 나열할 수 있는 결과가 전부가 아니라..
살아감이라는 과정에서 더 많은 것을 보여줄 수 있는 사실처럼..

꿈을 꾸고.. 꿈과 함께 있었기에..
살아 있었고.. 열정으로 펄떡였습니다.

비록 꿈이 이루어지고 안 이루어지고는 하늘의 뜻일지라도..
그런 꿈과 목표를 갖고 있다는 것으로 삶의 용기와 열망으로..
살아감에 활력이 생기고.. 삶에 더 큰 가치를 부여할 수 있다면..
그것으로도 꿈은 소중한 것이었습니다.

꿈이 쉽사리 이루어지지 않는다고 해서..

차츰 삶의 목표가 흐릿해지고 열정이 식는다면..

삶의 이유도.. 살아 있는 그 자체도 식어가는 것입니다.

이대로 그냥 삶을 놓아버릴 수는 없습니다.

세상사.. 좀 더 내려놓고.. 받아들이고.. 순리를 따르고..

천천히.. 서두르지 않고..

그런 비움도 괜찮고.. 넉넉함도 괜찮지만..

그것들이 삶에 대한 너그러움과 포용으로서의 비움이어야하지..

자포자기식의 비움이 되어서는 안 되는 것 입니다.

그럴 수는 없고.. 그래서도 안 됩니다.

그래도 아직 내 삶에 충실하겠다는 마음으로..

꿈과 목표를 갖고.. 그것을 위해 열심히 살아가야 하는 것이..

인간의 운명이고.. 숙명이기에..

비록 꿈을 이루지 못했을지라도..

또다시 꿈을 향해.. 부여받은 내 삶의 몫을 살아가야 합니다.

그래, 아직 큰 꿈을 이루지 못했다 해도 다시 꿈을 꾸자..

꿈이 꼭 높을 필요는 없습니다.

높은 꿈만큼 낮은 꿈도 소중합니다.

힘이 부친다면 우선 작은 꿈이라도 만들어야 합니다.
많이 힘들수록.. 작은 꿈이라도 가져야 합니다.

더 크게 성공할 수 없고.. 더 높은 목표를 이룰 수 없다면..
그냥 순수하게.. 지금보다 더 건강한 나.. 더 뱃살이 줄어든 나..
더 요리를 잘하는 나.. 더 여행을 많이 한 나.. 더 많은 산을 오른 나..
더 지혜로운 나.. 더 많은 책을 읽은 나... 더 많은 책을 쓴 나..
더 세련된 나.. 더 잘 가꾼 나.. 더 겸손한 나.. 더 듣는 나.. 더 착한 나..
더 기부한 나.. 더 많은 봉사를 한 나.. 더 함께하는 나.. 더 많이 사랑하
는 나..
더 좋은 사람인 나.. 더 나 자신과 가족과 친구를 사랑하는 나.. 더더욱
나은 나..

그렇게 조금씩 지금보다 더 좋은 나를 이루어가고..
더 후회 없는 나로 내 삶을 행복하게 살아가면 됩니다.
작은 꿈을 이루고 나면.. 또 다른 꿈을 향해 가면 됩니다.

부귀해지지 않아도.. 여전히 건강하고 행복하다면 그것으로 좋고..
지금보다 더 지혜롭고.. 더 너그러운 사람이 되면.. 그 역시 좋은 일이니
까요..

나이에 비해 더 건강하고.. 각박한 세상사에 그래도 좋은 사람으로..
더 많이 사랑하고.. 더 많이 행복하다면.. 그것만으로도 좋은 삶입니다.

그래도.. 삶을 돌아볼 때.. 내가 하고 싶었던 일을 했으니까..
(누가 알아주지 않아도.. '지천명'이라는 할 일을 했으니까..)

그래서.. 작은 꿈도, 작아진 꿈도 괜찮습니다.
그만큼 한눈팔지 않고 자신의 삶에 더 충실하였다는 뜻이 됩니다.
내 자신에게 더 가까이 다가서고.. 내 사랑하는 사람들을 위해..
더 열심히 살았다는 것입니다.. 그러니 괜찮습니다..

이제라도 1년에 한 번씩 나만의 여행을 다녀오는 꿈도 괜찮고..
나만이 할 수 있는 무엇인가를 하겠다는 것도 괜찮습니다..
가난하면 좀 더 넉넉해지는 꿈을 꾸고.. 성공하고 싶으면 성공의 꿈을 꾸고..
외로우면 더 사랑하는 꿈을 꾸고.. 행복 하고 싶다면 행복의 꿈을 꾸면 됩니다.

그렇게 꿈을 갖고.. 꿈을 포기하지 않고 살다보면..
그 노력을 고리로 또 다른 어떤 무언가를 이루게 되는 것이 삶이기에..
언제나 꿈을 갖고 사는 것만으로 좋은 삶일 수 있습니다.

마치 성공한 운동선수가 되려했지만 막상 큰 운동선수가 못 되었다고 해도..
그 경력과 실패의 경험으로 좋은 감독이 될 수도 있고..
유명한 요리사가 되려했지만 그 꿈을 이루지 못한 대신에..

그 과정의 경험으로 능력 있는 외식 사업가가 되기도 하는 것처럼..

그래서 오늘은 꿈을 가졌기에 어려움 속에서도 행복할 수 있고..
내일은 꿈이 이루어질 것이라 믿기에 희망으로 기대되는 그런 것만으로도..
삶은 더 활기차고 행복할 수 있습니다.

이제.. 내일보다는 오늘의 꿈을 꾸도록 합니다.
오늘을 위해 꿈꾸고.. 오늘을 살고.. 오늘을 사랑하고.. 오늘을 더 행복한..
오늘을 위한 꿈.. 오늘을 위한 꿈이기에.. 오늘이 더 아름다운 꿈..

"희망은 미래보다 현재를 위해 존재한다."
"사랑은 내일보다 오늘을 위해 존재한다."

그래서..
"행복은 그곳보다 이곳에 존재한다."
"행복은 남보다 나에게서 존재한다."

그렇게 늘 오늘을 살고.. 오늘의 꿈을 이룬다면..
평생 꿈을 이루며 산 삶이 될 수 있을 것입니다.

2016년 10월.. 또 다시 꽃 피우며... '강목어' 江木魚 쓰다..

차례 CONTENTS

ONTENTS

그래도 오늘이 좋습니다..

지금 행복하게 웃고 있는 그 마음, 그 순간이.. 가장 소중한 순간

이런 나를 사랑하도록 한다..
–이런 나를 사랑하도록 한다..

대부분의 사람들이 나보다 능력 있고.. 나보다 똑똑하다.
또 나보다 부지런하고.. 나보다 많이 배우고.. 나보다 냉철하고..
나보다 빠르고.. 나보다 높이 있다.

그러나 나는 남들보다 여러 모로 부족한 나를 사랑하도록 한다.
능력 부족하고.. 계산 느리고.. 마음 약하고.. 순진하고..
덜 부지런하고.. 덜 배웠지만.. 이런 나를 사랑하도록 한다.

바로 그런 부족한 사람이기에.. 져줄 수 있고.. 속아줄 수 있고..
상처 받고도 속없는 사람처럼 웃을 수 있고..
철없는 사람으로.. 셈이 느린 사람으로..
손해 보고도 그냥 받아들이고 살 수 있기에..
그냥 그런 것이 나라며.. 덤덤하게 받아들일 수 있기에..

세상 누군가는 이익을 보며 웃을 수 있고.. 즐거울 수 있음을 알기에..
이렇게 내려놓고 사는 사람들이 있기에.. 세상이 그나마 덜 치열하고..
누군가 속없는 푼수로 살아야 또 누군가는 냉철함을 발휘할 수 있기에..

첫 번째 이야기 : 그래도 오늘이 좋습니다..

돌아서서 홀로 눈물 흘리더라도.. 슬픈 역할을 내 몫으로 받아들인다.

그래서 그런 역할을 할 수 있는.. 나 역시도 필요한 사람..
나 역시 괜찮은 사람이라고 믿으며.. 나는 나를 사랑하도록 한다.

이렇게 분명 나만이 할 수 있는 역할이 있기에..
부족한 나만이.. 여린 나만이.. 아픔을 견딜 수 있는 나만이..
사람들에게 해줄 수 있고.. 나눠줄 수 있고.. 위로가 될 수 있고..
환히 웃을 수 있는.. 무언가가 나에게만 있다고 믿기에..

비록 부족한 나이지만.. 알고 보면 그래도 쓸모 있는 사람이라고..
그 쓸모없음의 쓸모를 가진 사람이라고..
나는 나를 사랑하도록 한다.

세상 끝까지 나의 편에 설 수 있는 사람은..
오직 나 하나뿐이기에... 더더욱..
나를 사랑하도록 한다...

그동안 나는 나를 사랑하지 못했다.
내가 나를 사랑하기까지는 수십 년의 시간이 걸렸다.

내가 가진 운명을 원망했고..
왜 나만 이렇게 사느냐는 자책과 불만으로 지난 세월을 보냈다.

내가 운명을 받아들이는 세월은..

비록 부족하고 못난 나의 인생일지라도..

그 삶은 소중하고 괜찮은 삶이라는 것을 알아가는 과정이었다.

남들이 보면 별 것 아닌 작은 행복에서..

왈칵 눈물이 쏟아지는 순간을 겪으며..

내 삶의 소중함을 알기 시작 했고..

힘든 일들은.. 단지 힘겨움만이 아니라..

사실은 나를 찾아가는 과정이었음을 알게 되었다.

어린 시절부터 함께했던 오랜 불행은 늘 지극히 고통스러웠지만..

그런 시간들은 또 역시 내가 나를 만나고.. 내가 나를 이해해 가는 순간

이었다.

그 어떤 불행과 실패 속에.. 이런 순간에 나는 이런 모습일 수 있고..

나는 이런 일을 할 수 있는 사람이고.. 이런 일을 견뎌낼 수 있고..

이렇게 생각하고.. 이렇게 울게 되는 사람이라는 것을..

인생은 끝내 포기하지 않고 달리는 사람이..

최후의 승리자가 되는 경기라는 것을..

그게 참 힘들고.. 어려운 일이라는 것을 이미 알고 있기에..

힘들어도 참고 사는 것이지만..

첫 번째 이야기 : 그래도 오늘이 좋습니다..

그렇기에 큰 성공 대신 평범한 행복을 찾고..

그것으로 만족한다는 것을.. 이제는 알고 있기에..

그 힘겨운 삶의 날들을 참고 견디며..

지금까지 살아남았다는 것만으로도 대견한 일이라고..

그것으로.. 나라는 사람은 괜찮은 사람이라고..

그렇게 쉽게 포기 하지 않았음으로..

비록 쓸모없는 능력만을 가진 사람이지만..

쓸모없지만은 않은 사람이라는 것을.. 알게 되었다.

그렇게, 드러나 보여지는 성공만이 삶의 모든 모습이 아님을..

그때서야 비로소 알게 되었다.

세상은 얼마나 넓고.. 얼마나 많은 일들이 벌어지며..

얼마나 다양한 능력자, 빛나는 사람들이 많은가..

그러나 그런 돋보이는 역할들은 나 자신에게는 별로 주어지지 않는다.

더 큰 일을 할 만한 재능과 환경이 뒷받침 되지 못하면 그냥 이 만큼.. 고작 이 정도.. 밖에는 살지 못하는 것이 세상사였던가

하지만 그래도 비록 지금 이 만큼만으로도..

내 삶이 특별할 수 있다는 것은..

내가 내 자신이.. 대단히 노력했음을.. 아주 특별했음을.. 인정했을 때..
그래도 나 자신에게 있어서만큼은.. 나름 성공한 삶이라는 것을 나는 알
았다.

져줌으로써 누군가의 승리가 행복할 수 있음을 알기에..
비움으로써 누군가의 채워짐이 특별할 수 있음을 알기에..
가벼움으로써 누군가의 무거움이 돋보일 수 있음을 알기에..
부족함으로써 누군가의 풍족함이 대단할 수 있음을 알기에..
손잡음으로써 누군가의 외로움이 덜어질 수 있음을 알기에..

져줌도.. 비움도.. 가벼움도.. 부족함도.. 손잡음도..
나름대로의 소중한 의미를 가질 수 있음을 알기에..

그래, 차라리 내가 더 아프고.. 더 상처받음으로..
내가 먼저 양보하고.. 내가 먼저 사과하고.. 내가 먼저 손 내미는 일조차
도..
나만이 할 수 있고.. 나만이 하는 거고.. 나니까 할 수 있다 다독이며..

나만이 가진 "쓸모없음"이 나의 "쓸모"라고 믿으며..
나는 나를 사랑하도록 한다..

고독해지는 건
외로워지는 것이 아니라 자유로워지는 것..
- 날개가 돋아난 이유 - 날자, 날자, 한번만 더 날자구나..

더 높이 날기 위해.. 더 빨리.. 더 멀리 가기 위해서..

'날개 짓'을 배우는 건 아니다.

'날개 짓'을 배운 진짜 이유는 더 자유롭게 날기 위해서다.

가끔 날개 짓을 배운 이유를 잊어버릴 때가 있다.

단지 남보다 더 높이, 더 빨리, 더 멀리 가기 위해서만..

단지 그러려고만 나는 법을 배운 것으로 착각 한다.

날고 있는 새, 지금 무엇을 위해 날고 있는가..

어디로 가고 있는 가..

어느새 많은 날개 짓이..

자유로운 날개 짓을 잃어버리고..

더 높이, 더더 멀리, 더더더 빨리만 날려는..

한쪽 방향으로만.. 굳어버린 날개가 되어 버렸다.

그것은 두려움 때문이다.

두렵기에 무리지어 날려하고..
더 높이, 더 빨리, 더 멀리 가려고만 한다.

혼자됨이 두렵고.. 미지의 세상으로 날기 두렵기에..
정해진 길을 벗어나는 것이 두렵기에..
날개가 굳어버리는지도 잊은 체..
그렇게 한쪽 방향으로만 날아간다.

그런 두려움을 내려놓고.. 나만의 날개 짓을 할 수 있을 때..
그 날개는 진정한 의미의 날개가 된다.

그래서 지금 어디에 있든.. 어디로 가든..
아직 자유롭게 날개 짓을 하고 있다면..
그렇게 자유롭게 날고 있는 것만으로도..
아름다운 날개 짓이 맞다.

은빛 날개가 아니라도.. 크고 화려한 날개가 아니라도 괜찮다.
높게 날지 않아도.. 더 빨리.. 더 멀리 가지 않아도 괜찮다.
자유롭게 날고 있다면.. 그것으로도 괜찮다.
그게 원래 날개의 의미니까..

언제든 내가 그리던 세상으로 자유롭게 날기 위해..
굳어버리지 않은.. 자유로운 날개를 지키기 위해..

이미 절반을 지나서.. 돌아가는 길만이라도..
자유로운 날개 짓을 하려 한다.

자유롭게 날기 위해.. 혼자 나는 것은..
외로워지는 것이 아니라.. 고독해 지는 것이다.

고독해진다는 것은 외로워지는 것이 아니라..
자유로워지는 것이다.

자유롭게 날 때만이 날개는 자유가 된다.
자유롭게 나는 날개만이 자유다.
그렇게 진정 자유로운 날개는..
비로소 자유가 된다.

이제 이 날개의 주인은 나이다.
이제 이 날개는 나의 날개다.
이제 나의 날개는.. 자유다..

그렇게 날개는 날게 된다.
그렇게 날개는 날아간다.
날개는 자유다..
그렇게.. 자유다.

행복하게 웃고 있는 그 마음,
그 순간이.. 바로 '우주'..
– 내가 존재하기에 존재함으로.. '우주' 보다 더 소중한 '나'..

'개미굴'에 어떤 '개구장이'가 물을 붓습니다. 그래서 졸지에 개미들은 비도 오지 않았는데.. 비가 오면 미리 준비라도 하는데.. 아무런 대책 없이 갑자기 물에 떠내려가고 생명을 잃습니다.

그 철부지 '개구장이'는 세상에서는 철없는 어린아이지만 그 개미들에게는 '절대자'이며 '신'이며 '우주'인 것 입니다.

우리 인간도 더 큰 존재 앞에서는 무기력한 개미 한 마리와 다를 바 없습니다. 실제 몇년전 '쓰나미'나 지진에도 수천, 수만의 목숨이 한순간에 무기력하게 휩쓸려 가버리듯 미약한 존재일 뿐입니다.

그런 미약한 존재에게 절대적 깨달음이라는 것이 있을 수 있을까요?

그래서 그냥 살아 있는 순간.. 바로 그렇게 스스로의 살아 있음을 느끼고 내 삶을 견뎌가는 것 자체가 위대한 것 입니다. 그 어떤 감동적인 깨우침이나 책 보다 위대한 것입니다.

우주의 먼지보다 미약한 존재들이 그렇게 절실하고 간절하게 살아가기에 살아가는 것 자체가 소중한 것 입니다.

아무 깨달음이 없는 평범한 사람도 말합니다. 일본 지진을 보니 인간이란 존재가 정말 나약하기에 인생 별 것 아니구나.. 그냥 '잘 먹고 잘 산다'는 말처럼 그냥 '잘 사는 것이 좋은 인생이다'라고..

그렇습니다. 바로 그렇게 단순한 것이 삶의 진리일 것입니다. (물론 '잘 먹고 잘 산다'는 돈과 권세를 누리고 편하게 산다는 것의 의미가 아니라 말 그대로 단순하게 별 걱정 없이 잘 먹고, 큰 욕심 없이 그 순간을 누리며 잘 산다는 그런 의미로..)

그래서 자신의 위치에서 자신의 능력에 맞게 열심히 살아가는 것. 사랑하며 보듬어주며 정답게 살아가는 것. 착하고 행복하게 웃으며 살아가는 것. 남의 눈에 머무르는 것이 아니라 내 스스로의 삶을 살아가는 것..

그것이 존재이고 깨달음이기에.. 이렇게 진리는 아주 간단하기에.. 그런 명쾌하고 단순한 진리를 실천하며 살면 그것이 바로 완전한 삶을 살다 가는 것입니다.

읽는 것 보다 중요한 것은.. 읽은 것을 생각하는 것, 생각하는 것 보다 중요한 것은.. 생각한 것을 실천하고, 실천하는 것 보다 중요한 것은 일상 생활화 하는 것 입니다.

수만권의 책을 읽은 이도 성인이 되지 못했지만 수십권의 책만으로도 성인은 될 수 있습니다.

위대한 성인들의 명저 몇권만을 읽고 체득하고 생활 속에 자연스럽게 행동하며 살아가면.. 그것으로 그가 바로 성인 입니다. 아직 그러지 못하기에 단지 범인일 뿐이고...

이렇게 삶의 가치는 아주 단순한 진리의 실천에 불과 합니다.

착하게 살아라, 사랑하며 살아라, 열심히 살아라, 행복하게 살아, 네 자신 스스로의 삶을 살아라, 이렇게 단순하고 명쾌하기에 지식의 무상함은 바로 여기에 있습니다.

이제 모든 진리는 이미 위대한 성인이나 위인들이 모두 다 가르쳐 주었습니다.

이미 수천년 동안 가르쳐줄만한 모든 삶의 진리와 지혜를 전부 알려 주었기에 더 새로울 진리는 없습니다.

그래서 이제 삶을 어떻게 살아야하나 고민하기 보다는 그분들 말씀을 실천하며 잘 살아가면 됩니다.

결국 진리를 모르는 것이 아니라 실천 하지 않는 것뿐이고, 지혜를 얻는 것이 어려운 것이 아니라 행동하기가 어려운 것입니다.
그래서 백번의 깨우침 보다 한 번의 실행이 낫습니다.

백권의 행복학을 읽고 수십년 행복학을 공부한 것 보다.. 늘 사람 좋게
웃으며 살아가는 사람.. 사실은 그 사람, 그 자체가 진짜 행복한 것 입니
다. 그것이 곧 깨달음입니다.

저 끝없는 '우주'조차도 '나' 자신이 존재하기에 존재함으로..
결국 저 '우주'조차도 '나' 자신을 위해 존재하는 것이 되므로..
그래서 '우주' 보다 더 소중한 '나' 자신입니다.

세상 그 어떤 위대한 존재인들 내가 없는데 무슨 소용일까요..
나 보다 더 소중한 존재는 없습니다. 내가 없으면 우주도 없습니다.

내가 존재할 때만이 우주도 존재 합니다.
그렇기에 '내'가 곧 '우주'일 수 있는 것 입니다.

그래서 '나' 자신이.. 밝고, 착하고, 순수하고.. 행복하게..
웃고 있는 그 마음, 그 순간이.. 바로 '우주'입니다.

오늘 이 순간이 가장 아름다운 순간 입니다..
– 살아있고.. 살아가는.. 이 순간 보다 더 큰 소중함은 없습니다..

살아있고.. 살아가는... 오늘 이 순간이 가장 아름다운 순간입니다.
늘 이 순간은.. 내가 살아가고 있다는 것으로 인해.. 가장 소중한 순간입
니다.

비록 힘들고 아픈 일이 있을지라도..
이런 힘든 순간조차 세월이 지나면 그립고 아름다운 순간일테니..
또 지나고 보면 되돌아갈 수 없는 추억일테니.. 지난 기억일테니..'

조용히 잠시 지나온 내 삶을 떠올려보세요..
그립지 않은 날이 없고, 소중하지 않았던 순간은 없었답니다..
모두 다 소중한 내 인생이었기에.. 가장 사랑한 내 삶이었기에..

그래서 늘 이 순간이.. 이 순간도 아름다운 삶의 순간이라 생각하고..
오늘을 후회없이 즐겁고 행복하게 살아야 할 것입니다.

비록 외로운 일도 있고 어려운 일도 있는 삶이지만 사랑하며 살아야 하
고...

더 소중한 시간들로 보내며 살아야 할 것입니다.

그래서 오늘 나와 함께 하는 그 사람과.. 그것들이 최고라는 마음으로..
더 소중한 순간으로.. 더 소중한 마음으로.. 보내야 해요..

지나고 나면.. 지금 화내고, 힘들고, 짜증내고, 눈물짓던 순간조차도 소
중하고 그리운 시절..
하물며 사랑하고, 기뻐하고, 웃고, 행복한 시간인들 더 말해 무엇하리...

그래서,, 소중한 인생을 위해서 모든 순간을 행복하게.. 모든 날들을 소
중하게.. 생각해야 해요..
내 삶의 그 어떤 일들이건, 그 어떤 날들이건.. 이것조차 내 삶의 일부분
이니까..
그리워질 내 삶의 순간들이 될테니까..

법정스님은 돌아가시면서 마지막 유언으로 왜 자신의 모든 저서의 출판
을 중단하라고 했을까요..
그 분의 말씀 그대로 말빛을 남기시기 싫으셔서 그랬을까요..

아마 그것은 깨달음이란 것 자체가 그리 위대하거나 대단한 것이 아니
라..
지극히 단순한 것이기 때문 아닐까라고 생각합니다.

'존재하고 있다'는 그 자체의 위대함 앞에..

그 어떤 깨달음도 대단하지 않고 부수적인 것에 불과하기 때문에..

그것을 아는 바를 마치 깨달았다는 듯 말하려 하고..

책으로까지 길게 포장해 냈던 자신에 대한 겸손한 성찰 때문은 아니었을까요.

결국 살아가는 날들 보다.. 살아있는 순간 보다 더 큰 위대함은 없습니다.

내 삶이 존재하고 내가 살아가는 그 자체보다 더 소중한 것은 없습니다.

오늘도 길옆에 활짝핀 꽃들이 정말 봄이 맞다며..

봄볕 가득 머금고 지나가는 사람들에게 환하게 웃으며 노래를 부르고 있습니다..

봄은 살아 있음이라고.. 봄은 사랑이라고.. 그래서 봄은 행복이라고..

그렇게 살아있고.. 살아가는 행복이라고..

지금 당장 어려운 상황에 처한 사람에게는,,

존재가.. 봄이.. 꽃이.. 힘겨움이고 아픔일 수도 있습니다.

하지만.. 겨울의 긴 고난을 묵묵히 이겨내고..

결국 화사하게 웃고 있는 봄은.. 그래도 희망입니다.

비록 봄의 순간이 지나면 꽃이 져버리기도 하지만..

첫 번째 이야기 : 그래도 오늘이 좋습니다..

또 한해를 견디며 내년을 준비해 새봄을 맞는 모습..
그런 모습들이 우리 삶의 모습을 닮았기에..
굴곡진 삶을 살아가는 인생 속에 충분히 희망으로 느낄 수 있는 것 입니
다..

오늘도 살아 있습니다.
그렇기에 오늘 이 순간은 소중한 순간이고 아름다운 순간 입니다.
늘 이 순간은 아름다운 순간입니다. 살아감은 아름다운 순간입니다.

나도 오늘 행복 할테니..
함께 살아가고 있는 당신도 행복하세요..
살아있는 것만으로도 충분히 소중한 당신이니까..
언제나 소중한 당신이니까..

인생, 뭐 있어..??
– 단지.. 그냥.. 살아가는 것으로도 좋은 것일 수 있습니다..

자주 그리고 많이 웃는 것
현명한 이에게 존경을 받고
아이들에게서 사랑을 받는 것

정직한 비평가의 찬사를 받고
친구의 배반을 참아내는 것
아름다움을 식별할 줄 알며
다른 사람에게서 최선의 것을 발견하는 것

건강한 아이를 낳든
작은 정원을 가꾸든
사회 환경을 개선하든

자기가 태어나기 전 보다
세상을 조금이라도 살기 좋은 곳으로
만들어 놓고 떠나는 것

첫 번째 이야기 : 그래도 오늘이 좋습니다..

자신이 한 때 이곳에 살았음으로 해서
단 한 사람의 인생이라도 행복해지는 것

이것이 진정한 성공이다.

윗글 "진정한 성공이란" - '랄프 왈도 에머슨'(R. Emerson, 1803년 ~ 1882
년) 의 글 중에서 발췌...

사람들은 말합니다. 무엇을 위해 사는지...

어찌 살아야 하는지 모르겠다고...

그런데.. 어쩌면.. 삶은 그냥 좋은 것일 수 있습니다.
살아 있다는 것만으로도...
거기에 더불어.. "한 때 이곳에 살았음으로 해서..
단 한 사람의 인생이라도 행복해지는 것.."

이것만으로도 만족하고.. 고마울 수도 있을 것 같습니다.
그냥 그렇게 살면 그나마 그 삶이 다행일 것도 같습니다..

말 그대로 그냥 사는 것입니다.
60억년 지구의 인생에 사람의 100년 인생이라면..
뭐 그리 대단한 것이 아닐 수도 있습니다.

그래서 그냥 그렇게 사랑하며 살아가는 것만으로도..

아름다운 삶 일 수 있습니다.

어쩌면 그것이 인생일 수 있습니다.

오해하지는 마세요..

이렇게 말하면 허무주의자라고 생각 할 수도 있습니다..

그건 아니니.. 제 말의 진심과 본질을 봐 주세요.

그러니 우리 너무 아파하지 않고.. 너무 욕심내지 않고..

너무 부담 갖지 않고 사는 것이 좋을 것 같습니다.

살면서.. 사랑하고.. 사랑 받지 않았던 인생이 어디 있겠습니까..

역시나.. 살면서.. 상처주지 않고.. 상처받지 않은 인생이 어디 있겠습니까..

그래도 사랑 했고.. 사랑 주었으면 그만이지..

비록 상처 받았을지라도..

아픔도.. 후회도.. 미련도 없이 사랑 했고.. 살았으면 그만이지..

그러면 된 거지.. 그렇게 사랑하며 착하게 살면 되는 거지..

착하게.. 배려하고.. 사랑해서.. 함께해서..

상처 받고.. 상처 남은 것이.. 무슨 죄겠습니까..

첫 번째 이야기 : 그래도 오늘이 좋습니다..

내가 나누어주었고.. 내가 더 사랑해서..

내가 상처받았는데.. 무엇이 죄겠습니까..

오히려 아름다운 사랑의 상처쯤은 남겨져 있어야..

아름답고 멋진 인생이 아닐까요..

그래요.. 그래서 그냥 사는 것일 수 있습니다.

그냥 살아가는 것으로도 아픔일 수도 있지만..

또 살아가는 것으로도 행복일수도 있을 때가 있습니다.

그래도 인생이니까요..

그래서.. 지금까지.. 지금도.. 살아가는 것..

단지.. 그냥.. 그것으로도 좋은 것일 수 있습니다.

어쩌면 그것이 인생일 수도 있기에...

사람들이 흔히 하는 말이 있습니다.

"인생, 뭐 있어..??"

맞습니다.. 뭐.. 인생 특별한 것이 없을 수 있습니다.

하지만 그냥 사랑하는 것 자체로.. 특별한 거고..

그것만으로도 소중한 것이 인생 아닐까요..

그런 의미로 본다면.. 세상사.. 인생살이..

그 이상 뭐 있어..

뜨거운 황토길..을 홀로 걸으며 만나게 된 것들..
— 더 빨리.. 더 멀리.. 가지 못한 대신에.. 알게 된 삶의 진실..

남들이 가는 길을 가지 않겠다고..
비록 그 길이 '구름 밭', 뜨거운 황톳길이라도 나의 길을 가겠다고..
고등학생 때 썼던 그 시詩처럼.. 그런 삶을 살았다.

어쩌면 그 시詩는 이미 내 운명을 예언해 놓은 글인지도 모른다.
거친 돌부리들이 박혀 있는 황토길.. 늘 쏟아지는 땡볕 때문에..
그 길을 걷는 것만으로도.. 숨 막히는 힘겨움에 지쳐 주저앉고..
툭하면 걸려 넘어지게 되는.. 아프고 쓸쓸한 길..

그래서 남들이 걷는 편한 길이 부러웠고..
쉽게 빨리 갈 수 있는 잘 포장된 길을 걷고도 싶었다.
하지만 그런 쉬운 길은 너무 멀리 떨어져 있었고..
거친 이 황톳길을 걸으며 만나게 된 것들은..
쉽사리 이 길을 떠날 수 없게 만들었다.

돌아보면 나의 길은 다듬어지지 않는 들길이었기에..
비록 돌부리에 걸려 넘어지거나 지쳐 주저앉을 때 마다..

첫 번째 이야기 : 그래도 오늘이 좋습니다..

문득 마주 바라보게 되는 꽃들과 나비와 새들과 바람과 시냇물..

잘 닦여진 평평한 길이었다면.. 이미 사라져 더 이상 볼 수 없고..
만날 수 없는 것들을 만나게 해준.. 들판을 가로지르는 황토길..
그래서 거친 들길을 걸으면서도.. 결코 힘들지만은 않았다..

한낮의 숨 막히는 땡볕에..
타는 목마름으로 가슴을 치기도 했기에..
느닷없이 몰아치는 폭우에..
갈 곳 잃고 주저앉아 어두운 하늘을 원망도 했기에..
슬픈 길.. 아픈 길인 줄만 알았는데...

천천히 걷는 사람만이 볼 수 있는 저 들판 나무들의 사연들을 보았고..
앉아 있는 사람만이 알 수 있는 저 나무 아래의 꽃들의 표정을 알았고..
위를 올려다보는 사람만이 느낄 수 있는 저 하늘 별들의 눈빛을 느꼈
고..
귀 기울이는 사람만이 들을 수 있는 작은 새들의 노래를 들었고..
혼자 걷는 사람만이 만날 수 있는 내 마음의 솔직한 몸짓을 만날 수 있었
다.

그런 만남들 속에서 내가 얻은 것은 삶이 얼마나 존귀한 것인지..
사랑이 얼마나 소중한 것인지에 대한.. 깊은 만남이었다..
더 빨리 가지 못하는 서러움.. 더 많이 더 멀리.. 가지 못한 대신에..

알게 된 삶의 소중한 진실이었다..

나는 그 소중한 만남들을 삶의 기억으로 남겼다..
그러면서 거친 황톳길도 소중하고 아름다운 길임을..
홀로 가는 이 길도 외롭지만 외롭지만은 않음을..

그래서 힘들었지만 힘들지만은 않은 길..
비록 홀로 외롭게 이 길을 걸었지만..

삶이 얼마나 절실한 것인가를..
행복이란 것이 얼마나 간절한 것인가를..
사랑이란 것이 얼마나 위대한 것인가를..
나는 그 지독히 외롭고 험난한 황톳길을 걸으며 배웠음을...

사람들은 자기 자신에게 묻는다.
내가 왜 여기 살아가고 있고.. 내가 왜 이런 삶을 견뎌야 하는 지에 대해
서..

황톳길을 걷다 지친 밤이면.. 저 하늘 달빛은 나에게 말했었다..
그래도 괜찮다고.. 잘 해낼 거라고..
내일은 더 좋은 날이 될 거라고..

저 하늘 달빛을 보며.. 나 홀로 걷는 밤길을 견뎠고.. 위로 받았듯..

이제 내가 전해준 나의 이야기들이..

또 다른 누군가에게.. 그렇게 될 수 있다면..

달빛처럼 위로해주고.. 달빛처럼 안아줄 수 있다면..

달빛이 얼마나 푸근하고.. 소중한 것임을 이미 알기에..

그래서 달빛처럼 나도 그렇게 누군가에게.. 소중한 희망을 전해 줄 수 있

다면..

그런 소망으로 난 또 이 길을 가고 있다..

그래서 나도 살아야겠다라고..

그래서 나도 살아 있노라고..

아직도 황톳길을 걷는다..

이미 이만큼이나 무사히 잘 걸어왔으니..

별빛으로 달빛으로 여전히 이 길을 간다..

'산을 오른다는 것'은 정상이 아닌 '나에게로 가는 길'..
– 그냥 내 자신을 느끼려.. 산을 오릅니다..

산을 오르다 보니.. 처음에는 몰랐는데 차츰 느끼게 되는 것이 있었습니다.
정상까지 가기 위해 산을 오르는지 알았는데..
그것 보다는 그냥 온몸으로 산을 느끼려 산을 오르고 있다는 것이었습니다.

가다보면 풀꽃, 오르다보면 다람쥐, 쉬다보면 소나무, 또 가다보면 옹달샘..
그렇게 나를 느끼고 산을 느끼며 산을 오릅니다.

무리하지 않고 그동안 지나온 시간들도 돌아보고, 또 내일을 떠올리며 산을 오릅니다.
나를 지나쳐 먼저 오르는 사람들이 있으면 '잘 가시오' 손 흔들며 즐거운 산행하라고 인사를 합니다.

맞습니다. 먼저가도 좋고, 나중가도 좋습니다. 단지 오르고 있는 나 자신을 느낄 뿐...
옹달샘에서 물도 한 모금 마시다가 다시 산을 오릅니다.

점점 가쁜 숨과 함께 흘러내리는 땀방울들에 나도 서서히 젖어갑니다.
내 나태함과 안일함이 땀으로 흐르고.. 점점 힘은 들지만 고통만큼 내 자신을 반성 합니다.

숨이 막힐 정도로 힘들어지고 땀에 흠뻑 젖다보면..
다른 생각할 틈 없이 온전히 나를 느끼게 됩니다. 오직 나만을 느끼며 그렇게 산을 오릅니다.

결국 가쁜 숨 몰아쉬고 정상에 올라서면..
그래도 잘 참고 올라온 나를 쓰다듬게 되고,
산들바람에 땀방울 식혀 날리다보면.. 금새 넉넉한 마음이 되어..
우리 사는 것도 이런 것이 아닐까하고 생각하게 됩니다.

산을 오르다보면 욕심이 생겨 더 빨리 가고 싶고,
앞서고 싶은 마음도 생기지만 그것을 참아야 합니다.

억지로 무리하다보면 잠시는 빠를 수 있지만 오히려 중간에 지쳐 포기하게 될 수도 있습니다.
또, 너무 앞서면 교만해지기도 하고 산행의 기쁨을 잊어버릴 수도 있습니다.
그러니 너무 앞서려 하지도 말고 뒤 떨어진다고 포기할 필요도 없습니다.

늦어도 괜찮습니다. 정상에 먼저 오른들 내려올 일 밖에 더 있겠습니까.
단지 나를 온전히 느끼려 산에 오르고 그 자체를 즐기면 되는 것 입니다.
그러니 빨리 오르지 않아도 좋고 늦어도 좋은 것 입니다.

남들보다 뒤쳐지면 서러울 수도 있고, 어두워질 수도 있지만..
그 보다 중요한 건 나를 느끼고, 나를 확인하고, 이 숲의 위대함을 알
듯..
세상에 소중함을 공감하면 되는 것 입니다.

그래서 정상에 오를 때 까지 필요한건..
지쳐도 포기하지 않는 인내심과 더 빨리가기 보다는 끝까지 가겠다는
지구력으로.. 꾸준히 오르면 되는 것입니다.

우리 인생도 마찬가지로..
그렇게 포기하지 않고 나를 느끼며 열심히 살면 되는 것 입니다.

그러니 오르고 내리는 사람 바라보며..
먼저 간다고 부러워 말고, 늦는다고 아쉬워 말고..
내려올 때도 조심히 둘러보고 돌아보며 그렇게 산행 자체를 느끼면 되
는 거였습니다.

오를 때와는 달리 내려올 때는 안전하게 내려오는 조심성이 최우선이
듯..

첫 번째 이야기 : 그래도 오늘이 좋습니다..

인생의 정상에 서면 겸손하게 주위를 둘러보고 나누는 너그러움이 있으면..
산행이 보다 행복해지듯 우리 인생도 그러할 것 입니다.

정상에 서기보다 나 자체를 느끼는 것이 산행의 가장 큰 소중함이기에..
억지로 더 빨리 무리하지 않고 내 능력만큼만 열심히 오르면 됩니다.
그렇게 살아있음을 느끼며.. 지금 살아있기에 내일도 또 내 삶을 느끼려
산을 오르면 됩니다.

'그래서 또 열심히 살아 보리라.'
'어렵게 산을 오른 후 흐르는 땀방울을 뿌듯해 하며 열심히 오르는 나를
느껴 보리라.'

'앞서고', '뒤서고'가 무어 그리 대수겠습니까..
정말 나를 느끼다 보면 앞뒤도 느껴지지 않고 나에게로 가는 나만 느껴
지는 것을...

산행 후에 느껴지는 시원함과 개운함을 알기에 그 기쁨을 위해 고통을
참으며 산을 오릅니다.

거기서 나무와 바위와 풀꽃들과 옹담샘과 다람쥐와 산새들이 모두 얽히
고   혀 있는 것들을 보며..
더불어 사는 것을 배우기도 합니다.

그래서 산행은 '정상'이 아니라 '나에게로 가고 있는 길'이었습니다.
나를 보고, 나를 세우고, 나를 느끼고, 나 자신에게로 온전히 다가가는
것이 '산행'이었습니다.
'인생' 역시도 바로 그럴 것 입니다.

그렇게 산을 오르고, 나 자신을 느낍니다. 그렇게 내 삶을 살아갑니다.
앞으로도 내 인생을 나 자신으로 살아가려고 합니다.

그럼, 우리 함께..
내 속의 내 자신을 느끼며.. 내 속의 내 마음의 소리를 들으러..
가까운 곳에 있는 낮은 산이라도 올라보시는 것은 어떨까요..

첫 번째 이야기 : 그래도 오늘이 좋습니다..

삶의 등대처럼.. 세상의 바다를 견디게 해준 건..
– 평생토록 느끼는 감정의 파도를 견뎌내는 방법이란 무엇인가...

강물의 흐름에 작은 돌들은 휩쓸려 떠내려가지만..

크고 무거운 돌들은 휩쓸려가지 않고.. 자기 자리를 지킬 수 있는 것처럼..

허술한 집이 부는 바람에도 휘청대듯이.. 자기 마음의 샘이 메마른 사람..

그래서 삶의 철학이 얕은 사람은.. 작은 어려움과 고난에도 쉽게 흔들립니다.

큰배는 거센 파도가 닥쳐도 흔들리지 않지만 작은 배는 쉽게 뒤집힙니다.

삶도 마찬가지입니다. 자기 소신과 철학이 굳건한 사람은..

삶의 위기가 닥쳐도 무사히 헤쳐 나가지만..

소신과 철학이 약한 사람은 쉽게 자기 자신을 잃고 변하게 됩니다.

그래서 어려운 현실일수록 물질적으로 가진 것이 많지 않다면..

정신적인 철학이라도 굳건해야 합니다.

그래야 어려운 현실을 위기의 시기를 헤쳐나 갈 수 있습니다.

간혹, 자기 분야의 지식만 깊은 사람을 봅니다.
하지만 밥벌이 지식만 깊지.. 자기 철학이나 인문학적 소양이 부족하
니..
당연히 '멘탈'이 약합니다.

그러다보니 작은 바람에도 휩쓸리고 남들의 감언이설에도 잘 속습니다.
실제로 학부를 졸업한 박사, 의사, 변호사가 중학교 중퇴한 무당에게서..
별 시시콜콜한 것들까지 상의를 하고 그 조언을 들어 결정 합니다.

정말 어이없는 일입니다. 자기 분야 전문가라는 사람의 의사결정이 그
렇게 한심하다는 것이..
자기 철학과 인문학적 소양이 부족하기 때문입니다. 결국 '멘탈'이 약하
다는 것입니다.
(학벌이나 특정직업에 대한 비하의 뜻으로 말씀 드리는 것은 아닙니다.)

어른이 되어도 꾸준히 이어지는 고민이 있고..
그 고민의 내용은 비슷합니다.

남자도.. 여자도 마찬가지이고.. 부자와 가난뱅이도 마찬가지고..
출세한 사람이든.. 그것이 아닌 사람이든..
그 누구나 평생토록 느끼는 감정의 파도가 있습니다.

첫 번째 이야기 : 그래도 오늘이 좋습니다..

그건 바로..

공허함이나 외로움, 소외감, 배신감, 허전함, 분노, 탐욕, 애정의 부재..

같은 것들입니다.

그런 인간적 감정의 파도 때문에..

힘들고, 어렵고, 아프고, 슬프고, 울고, 웃고 하는 것이 인간입니다.

평생을 그런 감정의 기복에 시달리거나..

그로인해 행복과 불행이 갈리기도 하는 것이 인간입니다.

그래서 인생을 뒤흔드는 감정의 파도를 무사히 견뎌내려면.. '멘탈'이 강해야 합니다.

결국 자기만의 기준.. 자기만의 자존감과 자부심을 갖고 살아가야..

힘들어도 흔들려도 덜 힘들고 덜 괴롭습니다.

설령 그것이 자기 합리화 일지라도..

그런 자존감이나 자부심이 봉사활동이건, 공공성 이건, 지혜이건 간에..

스스로의 충만함으로.. 강한 '멘탈'이 있어야 힘든 세상살이를 견딜 수 있습니다.

바로 그런 충만함을 채워주고.. 멘탈을 강하게 만들어 주는 것이..

문화예술이고.. 인문학이고.. 자기성찰이고.. 사람과 사람의 함께함 입니다.

그래서 고전 인문학을 배우는 것은..

인재가 되기 위해서가 아니라.. 올바른 삶을 살기 위해서 입니다.

성공한 삶을 위해서가 아니라, 정직한 삶을 살기 위해서 입니다.

출세한 사람이 아니라, 평범해도 남들에게 필요한 사람이 되기 위해서 입니다.

무명초의 삶일지라도..

고난과 빈곤 속에서 용기를 잃지 않고.. 진실과 정의를 추구하며..

살아가야 되는 이유를 배우기 위해서.. 위대한 인물들의 삶 역시도 모두 그러했기에..

좋은 글을 읽고.. 좋은 사람을 만나고.. 인문학을 배우며 스스로를 굳건하게 만드는 것입니다.

최소한 지금까지의 나에게는..

그런 문화예술, 인문학들이.. 내 삶을 살아가게 해주는 이유이고..

위로이고, 용기이고, 희망이고, 행복이 되어 주었습니다.

가장 외롭고 어려울 때 만난..

좋은 작품들과 고전들을 통해 알게된 위대한 인물들의 삶의 이야기가..

지금까지 이렇게 내 삶을 견뎌낼 수 있게 해주었습니다.

삶의 나침반처럼.. 삶의 등대처럼.. 삶의 균형추..처럼..

이 거친 세상의 바다를 헤쳐가고 견디게 해준 힘이 되어주었습니다.

마음의 목마름은..
톡쏘는 음료수 보다는 맑은 샘물로..
– 잠시의 시원함이 아닌.. 오랜 시원함을 주는 맑은 샘물로..

아침 숲속을 걸어본 사람은 압니다. 아침 숲이 주는 그 신선한 나무 향과 아침 공기의 그 청량함 덕분에 가슴 속까지 맑아지는 듯한 느낌이라는 것을...

좋은 글을 읽는다는 것도 그렇습니다.
깨끗한 '소나무향' 진한 아침 숲을 걷는 것과 같습니다.
천천히 숲길을 걸으며 도심 속 일상에 지치고 때 묻은 내 몸과 마음을 천천히 씻어줍니다.

밤새 맑게 깬 나무와 꽃들과 바위들을 보고 산새들의 노래를 들으며 걷다보면..
처음에는 단지 마음만 맑아지다가 그 시간이 길어질수록 이런저런 생각에 잠기게 되고..
깊은 명상에 빠져드는 것 같습니다.

좋은 글을 읽고.. 그 글이 전해주는 편안한 느낌과 소중한 의미를 마음으로 되새기는 것 역시..

내 마음에 묻은 온갖 찌든 얼룩들을 씻어 주는 것을 넘어서..
내가 어디로 가야할지와 내가 어떻게 가야할지에 대해 답해줍니다.

하지만 그런 깨끗한 숲길을 다녀온 시간이 길어질수록..
다시 상쾌한 마음이 떨어지고 일상에 지쳐 가듯이..
좋은 글을 멀리했던 시간이 길어질수록 마음에도 또다시 때가 묻습니다.

그래서 깨끗한 몸과 마음을 유지 하려면 꾸준히 맑은 산길을 걷듯..
꾸준히 좋은 글을 읽고.. 좋은 음악을 듣고.. 좋은 작품을 감상하며..
좋은 사람을 만나고.. 좋은 명상을 즐겨야 합니다.

아주 단순하거나 유쾌하기 만한 글들을 읽거나,
가볍고 재미나기만한 TV나 매체를 즐기는 것은..
청량음료를 마시는 것과 같습니다.

마실 때는 톡 쏘는 듯 자극적으로 시원하지만..
돌아서면 그뿐.. 여전히 목마름은 사라지지 않고..
오히려 의존성과 중독성만 늘어갑니다.

마찬가지로 가볍고 단순하고 재미있기만 한 것들을 즐긴다는 것은..
마음의 허전함을 채워주기 보다는 마음의 허전함을 잠시 잊게 해 줄 뿐 입니다.

내 마음의 샘이 채워져 있어야 목마름이 있어도 계속 채워줄 수 있지만..

내 마음의 샘이 비어져 있으면 또 여기저기를 기웃거리게 됩니다.

그래서 내 마음의 샘을 채워 놓기 위해서는..

가볍고 재미있고 단순하지만 화학성분 가득한 음료수로 채우기 보다는..

진지하고 깊이 있고 무거운 듯하지만..

깨끗하면서도 맑은 지혜의 샘물을 채워 놓아야 합니다.

그래야 목마름이 있을 때 마다.. 잠시의 시원함이 아닌..

오랜 시원함을 주는 맑은 샘물로 가슴까지 적셔낼 수 있습니다.

꽃향기나 전하는 인생일지라도..

지금껏 그랬듯.. 그러면 된 거야.. 그것만으로도 잘한 거야...

꽃향기나 전하는 인생일지라도...
– 사람의 향기, 인생의 향기의 소중함을 꽃향기로 전하는 사람..

40대가 되면 이미 사회 각 분야에서 두각을 나타내는 사람들이 나타납니다.

그리고 40대.. 늦어도 50대 초중반이 되어서도..

사회적 위치가 올라가지 못하거나 인정받지 못하면..

더 이상 그 분야에서 큰 성공은 어렵다고 봐야 합니다.

간혹, 60대가 되어서야 자기 분야에서 인정받는 경우도 있지만..

그것은 아주 드문 일입니다.

그래서 40대를 넘어서면서부터.. 사람들은..

이만큼 밖에 살지 못하는 스스로에 대한 자괴감과..

과연 '내 인생의 의미는 무엇일까' 하는 의구심이 들게 됩니다.

하긴 공자님께서는 이미 40세를 '불혹'이고..

50세를 '지천명'이라고 말씀 하셨지요.

오십세가 되면 내가 이렇게 살고, 여기에 있는 하늘의 뜻을 알 만큼..

자기 삶의 확신을 갖고 성취를 이룬다는 것입니다.

이미 자기가 하고 있는 일이 하늘의 뜻임을 알만큼..

그 어떤 분야에서 일하건, 그 위치에 서있는 이유를 알고..

그 결과를 운명처럼, 숙명처럼.. 받아들여야 한다는 것입니다.

그런데도 그 나이가 되었음에도 불구하고..

그 위치에 있는 이유를 알기는 고사하고.. 여전히 왜 여기 내가 있고..

왜 이만큼 밖에 못 있는지에 대한 회의를 갖고..

갈피를 못 잡고 살아가는 사람들을 흔히 봅니다.

뭐, 저 역시 마찬가지입니다.

별로 이루어 놓은 것도 없고.. 내세울 것도 없고.. 올라 있는 자리도 없습니다.

저에게도 이루고 싶은 꿈이 있었고.. 번듯하게 내세우고 싶은 야망이 있었고..

무언가 특별한 사람이 되고, 좀 더 돋보이는 인생을 살고 싶은 욕심이 있었습니다.

하지만 결국 별 성공을 이루지 못한 모습으로..

지금 이렇게 무명의 삶을 살아가고 있습니다.

그런 꿈과 현실과의 차이 때문에.. 혼자 괴로워하거나..

또 거기서 오는 자괴감과 상실감 때문에.. 사람들을 회피하고..

살아가는 것이 중년의 삶에 모습입니다.

일부 앞서가거나, 높이 올라가고, 많이 모은 사람들이야..
당당하게 자신의 명함을 자랑스럽게 내세우거나.. 더 큰 목표를 향해 살지만..
그렇게 큰 성취를 이룬 사람들 보다는.. 그러지 못한 사람들이 더 많은 것 같습니다.

그렇게 스스로의 삶의 성취를 부족하게 생각하는 사람들 중에..
치열하고 복잡한 세상을 등지고 초야에 묻혀 사는 사람도 생기고..
이것저것 그냥 모두 내던지고 자유를 찾아 떠나기도 합니다.

하긴, 누군들 더 대단한 사람이 되고 싶지 않았겠습니까..
누군들 더 높은 자리 가고 싶지 않고.. 더 환호 받고 싶지 않았겠습니까..
누구나 더 인정받아서.. 남들 가르치며 살고 싶은 것이..
사람의 마음 입니다.

하지만 모두가 그렇게 될 수 없음이 세상이기에..
세상살이의 미련과 아쉬움의 회한이 있는 것이겠지요.

그렇다고 부족한 재능을 원망하고..
못난 자신을 한탄한들 무슨 소용 있겠습니까..
그래도 내 삶이니까 끝내 버티며 살아야지요..

내가 가지지 못한 것을 부러워하기 보다는..

그나마 내가 갖고 있는 것에서 만족을 찾아야겠지요..

남들이 높이 올라있고.. 많이 갖고 있는 것에..

내 자신을 비춰본들.. 스스로가 초라해지기 밖에 더 하겠습니까..

그 사람들 부러워한들.. 한웅큼도 나눠주지 않는데..

매달리고 부러워한들.. 무슨 소용 있겠습니까..

이제와 비교해 봐야 어차피 비교조차 되지도 않는 것에..

자꾸 미련 가져봐야.. 무슨 소용 있겠습니까..

그러니 아예 비교조차 되지도 않는 것에..

더 이상 억지로 매달리지 말고.. 괜한 미련 갖지 말고..

차라리 그 사람들이 가지지 못한 것에서..

내가 가진 것에.. 나만이 갖고 있는 것에서..

나를 찾으려 합니다.

공자님이.. "도(道)를 근심하고, 가난을 근심하지 않는다."고 말씀 하셨
듯이..

또.. "남이 자기를 알아주지 않는다고 마음 쓰지 아니하며,

일이 잘 이루어지지 않는다고 근심하지 않는다."고 말씀 하셨듯이..

그리고.. "거친 밥을 먹고 물을 마시며 팔베개를 하고 누워 있어도..

즐거움이란 그 속에 있으며, 의롭지 않은 부귀는 나에게는 뜬구름과 같
다."고도 말씀 하셨듯이..

나만의 자긍심의 될 철학과 가치관을 다져..
스스로의 가치를 갖고 살아가는 인생이려 합니다.
세상속의 성공은 못 쌓았지만.. 내 삶속에 나만의 가치와 내공은 쌓고 살
려고 합니다.

"아침에 도를 알면 저녁에 죽어도 좋다"고 공자님이 스스로에게 말씀 했
듯이..
그런 각오로 내 삶의 가치를 위해 부끄러움 없이 열심히 살고..
공자님께서 '죽어도 좋다'고 단호하게 말 할 수 있을 만큼의 그런 믿음과
의지로..
내 삶을 후회 없이 살아가고 싶습니다.

그래야 그나마 내 인생이..
덜 안타깝고.. 덜 부끄럽고.. 덜 아쉬울테니..

비록 내가 가진 재주는.. 높이 날지도 못하고.. 많이 가지지도 못하고..
더 특별히 돋보이거나.. 재주가 아주 뛰어나지도 않지만..
그래도.. 더 많이 보고.. 더 많이 듣고.. 더 많이 느끼는.. 재주정도는 있
기에..

그래서 내가 보고, 듣고, 느낀 것을..

남들에게도 들려주고.. 전해주는 인생으로.. 살아가고 있습니다.

세상과 사람의 아름다움을.. 소중함을.. 사람과 사람의 그 진심어린 마음을..

그저.. 그 사랑을 기억하고.. 그 사랑을 노래하고.. 그 사랑을 전해주는 사람..

단지 그것만으로.. 나 살아있음을 느낄 수 있다면.. 그것이 하늘의 뜻이라면..

그렇게 '꽃향기나 전하는 인생'으로.. 내 삶을 부여잡고 살아갑니다.

남들이 철없는 사랑 편지나 보낸다고 비웃을지라도..

남들이 철지난 사랑 이야기나 하고 있다고 무시할지라도..

그래도 사람의 향기, 사랑의 향기, 인생의 향기를 담아..

때론 노란나비가 되고.. 때론 파랑새가 되고..

때론 여린 바람이 되고.. 푸른 강물이 되어..

꽃향기 편지에.. 여린 바람에.. 푸른 강물에.. 띄어..

향기 고운.. 사람과 사랑과 삶의 이야기들을 전하려고 합니다.

그렇게 대단치 않고.. 보잘 것 없는 인생으로..

때론 한스럽고.. 때론 부러움을.. 갖고 살아가지만..

이제 나는 괜찮다고.. 그렇게 꽃향기나 전하는 인생일지라도..

비록.. 아쉽고.. 서럽고.. 아프고.. 눈물겨운 인생살이일지라도..
그래도.. 끌어안고.. 견뎌가고.. 사랑하며 살려고 합니다.
그렇게 꽃향기나 전하는 인생일지라도..
그렇게 꽃향기나 전하는 인생이라도..
바람처럼.. 강물처럼..
그렇게.. 그렇게..

* 인생은 그냥 버텨가는 거야...
– 지금껏 견뎌냈듯.. 그러면 된 거야.. 그것만으로도 잘한 거야..

이십대를 희망과 열정과 사랑으로 버텨내고..
삼십대를 야망과 희생과 책임으로 버텨내고..
사십대를 사명과 포용과 불혹으로 버텨내고..
오십대를 연륜과 비움과 숙명으로 버텨내고..
그렇게 버티고 버텨내다보면.. 어느덧 저만치 서 있는 거야..

삶의 힘겨움을 미래와 희망으로 버텨가고..
삶의 외로움을 사랑과 비움으로 버텨가고..
삶의 무거움을 사명과 책임으로 버텨가고..
삶의 고독함을 성찰과 안음으로 버텨가고..
삶의 화려함에 대한 유혹과 갈등을 진리로 버텨가고..
삶의 곤궁함의 쓸쓸함을 성인들의 가르침으로 버텨가고..

그렇게 살아감으로 버티고 버티다보면.. 나도 이미 이만큼 살았고..
또 그 속에서 뭔가를 이루었으면 된 거라고.. 단지 그러면 된 거라고..
그렇게 스스로를 안아주고.. 쓰다듬으며. 살아내면 된 거야...

대지 위의 저 나무가.. 여름의 불같은 뜨거움을..

조금만 더 견디면.. 선선한 가을이 온다는 희망으로 버티듯..

겨울의 매서운 얼음바람을.. 따스한 봄이 다가오고 있다는 믿음으로..

끝까지 포기하지 않고 자기 자리를 지키며 버텨내고 있는 거야..

버티고 견디다 보면.. 운 좋게.. 거목도 되는 거고..

내 밑 둥에 자리한 작은 꽃들을 지켜주는 고마운 나무가 되기도 하고..

든든한 가지에 그네를 걸고 누군가에게 휴식이나 즐거움이 되기도 하고..

햇볕 뜨거운 날 누군가에게 그늘이 되어 주며.. 인생을 살아가는 거야..

그렇게 버텨냄으로써 나에게 기대어 사는..

작은 새들과 착한 벌레와 고운 풀꽃들을.. 키워 낼 수도 있고..

나만을 바라보는 키 작은 나무의.. 나무 아래 자리 잡은 고운 꽃들에게..

바람막이가 되고.. 나뭇잎 우산이 되어.. 휴식이 되고.. 위로가 되어 주는 거야..

그냥 속절없이 저 하늘 구름 보며.. 내 혼자의 삶을 만끽하기도 하는 거고..

달빛 고운 밤이면 달님 보며 밤새 이야기 할 수 있으니.. 그것도 좋은 거고..

그러니 너무 아파만 하지 말고.. 너무 슬퍼만 하지 말고..

걱정 투성이 힘든 인생이지만.. 막막하기만 어려운 세상살이지만..

조그만 희망조차도 보이지 않는 답답한 현실 일지라도 버텨내는 거야..

그러다보면 어느새 나도 모르게..

그 버팀 속에서 그 어떤 열매를 맺을 수도 있고..

나만의 인생이 되어 가는 거야..

그러니 많이 이루지 못했다고 서운해 하지 말고..

더 많이 가지지 못했다고 아파하지 말고..

더 높이.. 더 넓게.. 뻗지 못했다고 서글퍼 말고..

가져갈 수도 없는 것을 많이 갖고 있으면 무슨 소용이고..

잡으려 해도 잡히지 않는 것을.. 억지로 매달려 붙잡으려 한들..

잡히지 않는 것을 어찌 하겠는가..

그래서 절망하지 않고.. 그냥 그렇게 한 세상 살다 가는 거야..

그렇게 바람의 노래를 들으며.. 구름 벗 삼아.. 달빛 벗 삼아..

그때그때.. 그날그날.. 그때그날.. 그 행복.. 그 추억으로..

하루하루.. 오늘오늘.. 그 마음으로 그렇게 살다 가는 거야..

그냥 나는 이만큼만 이렇게 살아남은 거야..

그냥 이렇게 살아가는 거야..

그래서 언젠가 홀로서도 외롭지 않은 나무로..

그렇게 살아가는 것뿐이야..

별거 없는 거야.. 그냥 그렇게 사는 거야..
새들이 와서 함께 지저귀며 놀아주면 고마운 거고..
그 속에서 알찬 열매를 맺으면 더 더욱 고마운 거야..
그리고 그 열매를 누군가에게 나눠줄 수 있으면..
내 살았음을 감사할 수 있는 거고.. 나는 내가 된 거야..

그래서 우리 살아감은..
외롭지만 외롭지만은 않고.. 쓸쓸하지만 쓸쓸하지만은 않고..
허무하지만 허무하지만은 않고.. 실패한 것 같지만 실패하지만은 않고,,
사라져 버리지만 사라지지만은 않고.. 놓아버리지만 놓아버린 것만은
아닌..
한 사람으로.. 한 인생을 살다 가는 거야.. '나'로서 살아가는 거야..

지금껏 그렇게 견뎌냈듯.. 그렇게 견뎌가는 거야..
그냥 그러면 된 거야.. 그것만으로도 잘한 거야..
그것만으로도 대단한 거야..
인생이란 것이 그런 거야..
그렇게 버텨가는 거야..

두 번째 이야기 : 꽃향기나 전하는 인생일지라도..

나를 위해 떠나야지.. 바람처럼.. 강물처럼..
- 하늘과 바람과 강과 꽃들이 모두 내 차지,, 마음껏 누려야지..

살다보면 구름처럼 흘러가는 건 세월, 기차처럼 달려가는 건 세상인데..
겨우겨우 뒤　아 헐떡이며 뛰고 있는 건 내 인생이고,
저 만치 뒤늦게야 어슬렁이며 걸어오는 건 성공인 것 같더군요..

그래서 세월은 빠르지만 성공은 늦고, 간신히 뒤늦게 성공을 이루었어
도..
이미 세월과 세상은 저 멀리 앞서서 나를 기다려주지 않고 저 혼자 달려
갑니다.

자동차가 빨리 달리는 것만큼 차창 밖 풍경을 볼 수 없는 것이 당연한 이
치인데..
스쳐 지나는 풍경을 아쉬워하면서.. 빨리 달리지도 못하고..
풍경 구경이라도 제대로 하는 것도 아닌..
무엇 하나 확실하지 않게 어딘지도 모르고 달려갑니다.

삶의 성공도.. 그렇다고 삶의 자유도..
무엇하고 제대로 이루지 못하며 살아가고 있는 것이지요.

최고의 천재 철학자 니체는 말했습니다.

"어느 시대에도 그러했듯이.. 오늘날에도 모든 인간은 '노예'와 '자유인'으로 분할된다.

왜냐하면 하루의 3분의 2를 자신을 위해 쓰지 못하는 자는 노예이기 때문이다."

하루의 3분의 2는 커녕.. 하루의 10분의 2도 자유롭게 살기 힘든 삶..

어쩌면 인생은 내가 좋아하는 일을 하기 위해..
좋아하지 않는 일을 감수해야 하는 것일 수도 있습니다.

행복하게 여행을 다니기 위해.. 어딘가에 얽매여 돈벌이를 해야 하고,
좋은 사람과의 즐거운 만남을 위해.. 별로 유쾌하지 않는 만남의 시간을 견뎌야 하고,
더 자유로운 삶을 살기 위해.. 수많은 억압에 저항해야 하는 것..

하긴 더 뛰어난 재능이라도 갖고 태어났다면..
그렇게 세상과 삶에 뒤처지지는 않고 좀 더 자유롭게 살았을 건데..
뭐 그렇게 태어나지 못한 것을 어쩌겠습니까..

이만큼이라도 세상의 진실을 알고 소중함을 알며 살아가면 그만인 거지..
훨씬 더 뛰어난 사람도.. 더 안타깝고.. 억울하게.. 그렇게 살다갔는데..

두 번째 이야기 : 꽃향기나 전하는 인생일지라도..

원래 세상사 다 그렇게 바람처럼.. 구름처럼 흘러가는 것 아니겠습니까..

원래 세상살이란 성공의 영광만큼 무거운 책임을 짊어진 것이고..
그 무게를 견디는 것도 쉬운 일이 아니기에..
인생은 "무거운 짐을 지고 먼길을 가는 것과 같다"라는 말처럼..
그냥 그런 것이 인생이라 생각해야겠지요.

하지만.. 늘 그렇게 단지.. 먹고 살기 위해.. 몸과 마음이 모두..
얽매여 살기에는.. 우리 인생이 너무 아깝고 안타깝습니다.

인생은 자유를 찾아가는 여정일진데..
그 무엇에도 구애받지 않고 나의 삶을 살아가는 것..
나만의 내 삶을 살아가는 것일진데,,
언제나 그렇게 지친 몸으로.. 메인 마음으로만..
살아 갈수만은 없습니다.

그 어떤 생명도 소중한 이유가 있다고 말하고 있는..
그 어떤 생명도 자유로워야 한다고 말하고 있는..
바람은 싱그럽고.. 꽃들은 화사하고.. 입술은 향긋한..
햇살 좋은 날에는 더더욱..

그래서 햇살 좋은 날에는 더더욱.. 우리 삶이 자유로워야 합니다.

햇살 좋은 오늘만이라도 자유로워야 하고..
햇살 좋은 오늘만이라도 행복해야 합니다.

"나는 아무것도 바라지 않는다. 나는 아무것도 두려워하지 않는다. 나는
자유이므로..." - '카잔차키스'('그리스인 조르바' 저자)라고 했었지만...

하지만 햇살 좋은 오늘만큼은 나에게도 바라는 것이 있습니다.
느긋한 마음으로.. 여유로운 발길로.. 강바람을 누릴 것입니다.
그리고 세상과 삶을 자유롭게 느낄 것입니다.

저 하늘과 바람과 강과 꽃들은 마음껏 내 차지라고,,
그래서 저 아름다운 세상을 마음껏 누릴 거라고..

햇살 좋은 날에는.. 바람처럼.. 좀 더 자유로워야지..
햇살 좋은 날에는.. 강물처럼.. 좀 더 행복해야지..
햇살 좋은 날의 강물처럼.. 햇살 좋은 날의 바람처럼..
그렇게 나에게로 떠나야지..

두 번째 이야기 : 꽃향기나 전하는 인생일지라도..

그 누구보다 더 외롭다는 것은
더 좋은 사람이라는 것..
- 더 '좋은 사람'이기 때문에 더 외로워 할 수 있는 것 입니다..

그 누구보다 더 외롭다는 것은.. 그래도 마음이 여리고 '착한 사람'이라
는 것입니다.

그래서 다른 사람들보다.. 더 그리워하고.. 더 보고파하고..

더 걱정하기 때문에.. 그렇게 외로운 사람이 된 것입니다.

모두가 나를 좋아하고 나를 사랑할 수는 없지만..

모두가 내 스타일을, 내 성격을, 내 인물을..

모두가 내 글을, 내 그림을, 내 사진을, 내 노래를..

모두가 내 웃음을, 내 눈물을, 내 감성을..

좋아할 수는 없지만..

그래도 더 많은 사람들에게 사랑받고, 인정받고 싶어 하는 그런 마음..

혹시라도 그 누구에게든 인정받지 못하면.. 그로인해 마음 아파하고..

슬퍼하고 괴로워하는 그 마음..

나도 모르게 그 누구에게라도 상처를 주었을까..

혼자 고민하는 그 마음..

바로 그런 착하고 여린 마음 때문에..

괴로워하고.. 마음 아파하고..

외로워하는 것입니다.

그러니 비록 모두가 당신을 좋아하지 않는다고 해도..

모두에게 인정받지 못한다고 해도..

모두가 당신 마음을 몰라준다고 해도..

모든 사람들이 당신에게 손 내밀지 않거나..

손잡아 주지 않는다고 해도..

너무 마음 아파 마세요..

너무 외로워 마세요.

그런 것들로 인해 당신이 외로워한다는 것만으로도..

당신은 이미 '좋은 사람'입니다.

당신이 '좋은 사람'이기에 외로워 할 수 있는 것 입니다.

자기 자신만 아는 이기적인 사람은.. 외롭다는 생각을 잘하지 않습니다.

자기만 옳다고 생각하고.. 자기중심적으로만.. 자기 이익으로만 생각하기에..

굳이 외로워할 이유도, 외로워할 감정도 없습니다.

하지만 당신은 배려심과 부드러움과 겸손함이 있기에..

함께 사는 세상에 대한 미련이 늘 남아 있기에..

사람들과 함께 하지 않으면.. 한사람이라도 좋아하지 않으면..
외롭다 생각할 수 있습니다.

그러니 당신의 외로움은..
당신이 그만큼 인간적이라는 것이고..
그만큼 사람을 좋아한다는 뜻이기도 합니다.

그러니 뒤돌아 혼자 외롭더라도.. 너무 외로워 하지마세요.
그것만으로도 당신은 이미 외롭지 않은 사람입니다.

이제 외로움을 스스로의 특별함으로 받아들이고..
스스로의 외로움을 착하기 때문에 생긴 '착한 외로움'으로 인정 하세요.
분명 그 누군가는 그 '착한 외로움'을 알아주는 사람이 있을 것입니다.

그리고 그 사람에게 먼저 연락을 해보세요.
그 사람도 당신을 기다리고 있었을 것입니다.
그 사람도 당신이 먼저 손 내 밀 때를 기다리고 있을 것입니다.

당신들 모두는.. 그렇게 '착한 외로움'으로..
사람을 그리워할 줄 아는 사람이기에..
단지 먼저 말하지 못하는 그런 여린 사람이기에..
똑같이 외로운 마음이지만.. 그 마음을 표현하지 못했을 수 있습니다.

사람을 좋아하면서도 '착한 외로움'을 앓고 있는 사람이라면..
그런 '착한 외로움' 때문에 외로워하고 있었다면..
이제는 연락해 보세요.

그 사람도 당신을 기다리고 있습니다.
당신만큼 좋은 그 사람이.. 당신을 기다리고 있습니다.

착하게 외로운 사람끼리 서로 기대면 됩니다.
그래서 그나마 덜 외로운 그런 만남이 되면 됩니다.

외로워서 착한 사람끼리.. 착해서 외로운 사람끼리..
착하게 외로워서 더 좋은 사람끼리.. 이제는 그냥 만나세요..

그리고 말해요.. 외로울지라도..
당신이 있어 참 다행이라고..

그 마음 알아주는 당신이..
그 외로움 알아주는 당신이..
그 외로움 함께 해주는 당신이..
그런 당신이.. 그래도 고맙다고..

착해서 외로운 당신 덕분에..
덜 외로울 수 있다고...

두 번째 이야기 : 꽃향기나 전하는 인생일지라도..

내 안의 '외로움'도 열심이었던
'나'만큼 외로웠기에..
– 오늘은 '외로운' 존재를 맘 편히 느끼며 '외로워'해도 된다..

이성에 대한 그리움으로든.. 사람으로의 존재에 대한 외로움이든..

아주 외로웠던 날이었지.. 마치 그 때 그 사람이 그리 말했던 것처럼..

원래 삶이 외로운 것이라 생각해도.. 너무나 지독히 외로운 날이었다.

사랑이 떠나간 날도 그랬고.. 이미 떠나갈 사랑조차 없는 날도 그랬지..

마음에도 없는 억지웃음으로 웃음 띤 자리를 마치고 돌아올 때도 그랬고..

세상 속의 관계를 억지로라도 유지할 수밖에 없었던 그 날도 그랬지..

어느 철학자인지, 예술가가 말한.. 허위와 위선으로 가득한 세상 안에서..

그래도 살아갈 수밖에 없는 현실을 느끼며.. 외롭다는 생각은 흔한 일이건만..

유난히 외로움에 지쳐 힘들었던 날이면 아무에게라도 묻고 싶어졌지..

도대체 외로움은 어디서 오는 거고.. 무엇 때문에 오는 건지..

어찌하면 그 외로움을 지우고.. 견뎌낼 수 있는지에 대해..

그러면 사람들은 흔히 말했었다..

누군가를 만나거나.. 책을 보고 영화를 보거나 음악을 들으며 잊으라

고..

그래서 누군가와 함께 어울려 술을 마시기도 하고..

책을 읽기도 하고.. 영화를 보기도 하고..

각종 커뮤니티에 글을 쓰기도 한다고..

음악을 듣고 친구와의 통화를 하지만..

그러나 그것만으로 안 되는 날들이 있지..

한가해서 그런다고 일을 해보라고도 한다..

이미 열심히 일에 매달려 있었다.

결국 억지로라도 자기 합리화를 해보려 한다.

존재의 본질이 원래 외로움이라며 포기하는 심정으로..

외로움 속에서도 사람을 만나거나.. 세상 밖을 내달린다.

그러나 그것으로도.. 안되고.. 외로움은 지워지지 않는다.

더 이상 그런 억지 외로움 치유조차도 하기 싫다.

결국 자괴감에 빠지거나 무력감까지 생겨난다.

이런 과정을 겪는다면 이건 정말 외로운 것이 맞다.

많은 사람들이 그런 외로움에 빠져 있거나 겪게 된다.

그러나 그 외로움을 가까운 서로에게는 거의 말 하지 않는다.
외로움에 더해 소외감까지 더 해질까봐 두렵기 때문이다.

그래서 주위 사람보다는 오히려 낯선 사람에게 터놓거나..
익명으로 낯선 사람에게 그런 외로움을 고백하고는..
자신의 외로운 모습을 감추게 된다.

비록 외롭지만.. 더 큰 외로움을 피하려고..
더 외로워지는 것을 감수하는 어이없는 인간의 삶..

다시 묻는다.. 그 외로움이 어디서 오는 것이냐고..
그러면 답한다.. 머리로든.. 가슴으로든.. 모두 외롭다고..

내가 사랑한 만큼.. 세상이 나를 사랑해주지 않았기에..
내가 그리워한 만큼.. 그 사람도 나를 보고파 해주지 않았기에..
언제나 내가 더 그리워하고.. 내가 더 보고파하고..
내가 먼저 말을 걸고.. 내가 먼저 다가가고.. 내가 손 내밀어야 하기에..
이제 거기에 지쳐.. 외로움에 빠졌다고..

그냥 적당히 가깝고.. 적당히 친해져야 했는데..
단지 인간관계란 거기까지이고.. 그런 식으로만 만나야 하는데도 불구
하고..
차마 그러지 못하고.. 그것을 견디지 못해서 그런 거라고..

75

뒤돌아 미워해도 마주보면 웃으며 친한 척 해야 하는데..
그것이 사회생활이고.. 그것이 나이 먹는 것인데도 불구하고..
거기에 적응 못하고.. 그런 만남들이 싫어.. 혼자 벗어나..
외로움을 택했다고..

그렇다.. 바로 그것이었다..
나를 지키고 싶다고.. 내 마음 속 원래의 순수한 나를 지키고 싶다고..
외로움은 거기에서 시작 되었다..

그렇게 외로움은.. 나의 가장 소중하고 여린 나의 순수함이었다.
그래서 어쩌면 가장 순결한 내 영혼인지도 모른다.

아직 순수했던 나로 돌아가고 싶다고..
그렇게 순진하고 착했던 나를 돌아보라고.. 나 자신을 잊지 말라고..
비록 나이가 들어도.. 난 '나'여야 한다고..
'나'는 '나'라고 나에게만 해주는 말이었다.

그것도 차마 소리 지르지도 못하고 조용히 나에게만 건네는...
힘없는 투정 같은 어린 나의 소중한 고백이었다.

그 외로움이 그렇게 외롭다고 말 했다는 것은..
지금 너무 많이.. 너무 앞만 보고.. 너무 힘들게 달렸기에...
잠시 내가 나를 잊고 있었기에.. 슬쩍 어깨를 가만히 잡으며..

두 번째 이야기 : 꽃향기나 전하는 인생일지라도..

이제 그만 '위로해 달라'는 나즈막히 들려주는 내면의 목소리였다.

그래서 이제 그 외로움을.. 내 소중한 나의 감정이고.. 감성이고.. 순수함으로..
따스하게 안아주며 편히 쉬게 해주면 된다.

내 안의 또 안의 나인 그 '외로움'도 요즘 나만큼 외로웠던 것이다.
그 나만의 외로움이 더 외롭지 않게.. 나만이 그 외로움과 함께해주면 된다.
그 외로움을 받아들이고 그 외로움을 느껴주면 된다.
그렇게 그 외로움을 안아주면 된다.

나도 사실은 외롭다고.. 서로 안아주면 된다.
그렇게 서로 편안히 안아주고 가만히 있다 보면..
그 외로움은 자연히 마음을 풀고.. 다시 나를 위해..
고맙다고 슬며시 고개를 숙이며..
내 품속에 마음을 풀고 잠들 것이다.

그렇게 그 외로움의 날이 지나면..
다시 날이 밝고.. 일을 하고.. 거리를 걷고.. 음악을 듣고..
영화를 보고.. 밥을 먹고.. 술을 마시고.. 하하호호 웃기도 한다.

그렇게 외로움은 내 안에서 다시 잠을 잔다..

그리고 나는 외로움을 잠재우고 세상을 견뎌간다..

그렇게 나는 다시 세상 속의 나에게로 온다.
그래.. 괜찮다.. 이 외로움의 시간도 다시 지나고..
나는 눈부신 햇살에.. 아직 살아 있음을 감사하며 살아가게 될 것이다.

이제 다시 지독히 외롭다고.. 나의 외로움이 다가올 때면..
그 외로움과 함께 하며.. 그 외로운 마음 그 자체를..
그대로 안아주면 된다.. '오늘은 외로워해도 된다..'라며...

그 외로움도 외롭다.. 그 외로움도 서럽게 울고 싶다..
서럽게 울고 나면 외로움은 다시 일어선다..
혼자의 시간을 느끼며.. 외로움은 나를 마주 본다..
그리고 서로를 달래며.. 세상 밖에 얽힌 마음을 풀게 된다.

얽혔던 그 마음이 모두 풀리면.. 다시 샘솟는 용기와 힘으로..
다시 굳건함으로.. 나와 함께 세상을 살아갈 것이다.

외롭다.. 지독히 외롭다.. 그것은 살아있음이다..
그것은 아직도 나는 순수함이다.. 나는 나다.. 나는 소중하다.. 깨우침이
다..

나는 다시 세상 속으로 걷는다.. 다시 그렇게 걷는다..

외로움을 안고.. 나의 길을 걷는다..

오랜 연인처럼.. 가슴에 안고..

그래도 걷는다..

어디 세상사 내 맘대로 되는가..
그러려니 사는 거지..
– 이제는 '습관 같은 슬픔' 조차도 즐겨..

어디 세상사 내 맘대로 되는 것이 있는가..

될 때도 있고, 안 될 때도 있고..

그냥 그러려니 하며.. 맘 편히 사는 거지..

그러니까 삶이 고행이라 했던 거지..

그래, 산다는 것이 다 그런 거 아니겠는가..

그것이 인생이고, 꿈같은 길인지 알면서도 걷게 되는 거지..

그래도 부족한 나를 위해 마음 써주는.. 좋은 사람을 만났고..

그 사람의 진심을 느끼며 살면.. 그것으로 괜찮은 거지..

그게 또 사는 거고.. 인생의 재미 아니겠는가..

그래도 흔쾌히 도와준다는 사람이 있어 인생이 고맙네..

인생은 그렇기에 참 살아볼만한 것 맞지..

살면서 누군가 고마운 존재가 있고, 소중한 존재가 있다면..

누군가에게 고마운 존재가 되어주고, 소중한 존재가 되었다면..

두 번째 이야기 : 꽃향기나 전하는 인생일지라도..

누군가를 좋아했던 그 판단이 맞았고.. 여전히 함께하고 있고..
함께하자고 손 내민다면.. 그 손 맞잡아 줄 수 있는 사람이 있다면..
인생 나름대로 괜찮다고 믿네..

때로는 살아있음을 느끼는 것만으로 삶이 슬플 수 있다는 것을..
거기에 더해 그 누구보다 예민하거나 힘든 현실 앞에 선 사람들에게는..
삶은 더더욱 견디기 어려운 아픔인 것은 맞지..

하지만 함께 걷는다는 것..
단지 함께 아픔을 공감해주며 걷는다는 것..
그런 사람이 있다는 것만으로 큰 위로가 될 수 있지..
수고했음을.. 힘겨웠음을 알아주는 것만으로.. 고마운 거지..

원죄처럼 슬픔을 안고 태어난 사람일지라도..
그 슬픔도 내 삶의 일부분으로 안고 가야 하는 것..

그런 슬픔이 있기에 누군가는 웃을 수 있는 것..
세상이 원래 그렇고 인생이 원래 그런 것..

그래서 어쩔 수 없는 그런 슬픔이 있다는 것을 안다면..
이제 그것조차도 즐겨.. 그런 슬픔조차도 즐기면 되는 거야..

늘 가슴속에 눈물은 흐르지만 참아야 하지..

운명 같은 슬픔을 즐기면 되는 거지..

언젠가는 웃음만 남아 있을 거니까..

사랑했던 기억만 소중하게 기억하게 될 거니까..

그 슬픔이 습관이 될 만큼 아프려면..

너무 많은 상처가 있겠지만..

그렇게 습관이 될 만큼 슬퍼하다 보면..

그 슬픔조차 안고 일어날 거다.

그 동안 참으로 많이 혼자 울었는데..

이제는 정말 더 이상 울지 않아야 해..

비록 눈물 나는 순간도 많고 울어야 할 일도 많겠지만..

이제는 웃어야 하고, 억지로라도 웃어 넘겨야 해..

눈물마저 웃음으로 넘겨 버릴 만큼 슬픔조차도 즐겨..

비록 태어날 때부터 운명처럼 슬픔을 안고 살아가지만..

희망조차 없는 것은 아니잖아.. 그래도 그 정도는 아니잖아..

살아가는 한 언제나 희망은 남아 있잖아..

그냥 슬픔조차 즐기며 살았다고 말 할 수 있으면..

눈물이 웃음보다도 아름다울 수 있지..

이제 눈물을 아픔으로만 생각지 말아야 해..

두 번째 이야기 : 꽃향기나 전하는 인생일지라도..

때로는 비도 와야 해.. 매일 맑기만 해서 너무 건조하면 감동이 없어..
원래 감동은 눈물과 함께 오는 것.. 감동 없는 삶도 황량한 삶이야..

크게 보면 모든 것이 좋은 거야.
잘나면 잘나서 좋고, 못나면 못나서 좋은 거야..
잘나면 얼마나 잘나고, 못나면 얼마나 못났나..
그냥 그렇게 사는 거야.. 그래서 삶은 다 좋은 거야.

어쨌든 내일은 오늘보다 더 좋아진다는 희망이 있어.
그것만으로도 삶은 행복한 거야..

그래서 슬픔은 그저 혼자의 몫..
아무도 안 볼 때만 광대처럼 그렇게 즐기며 울고..
주저앉는 눈물이기 보다는 다시 일어서는 눈물을 흘리면 돼..
그 눈물 때문에 다시 일어설 수 있는 그런 울음을 울면 돼..

이제는 습관 같은 슬픔조차도 즐겨..
그렇게 슬픔조차도 즐겨야 하는 이 사는 거지..
그것이 바로 우리 인생이지..

그대, 만일 힘들다면.. '수선화'를 보세요...
– 결국 '수선화'처럼 다시 피어날 그대 입니다..

노랗게 활짝 웃는 '수선화' 그 얼굴이 무척이나 밝아 보이지만..
사실 저 혼자 기나긴 외로움을 견딘 꽃 입니다.

지난해, 새봄 아름다운 자태와 그윽한 향기로 피어올랐었지만..
채 한 달도 지나지 않아 꽃잎을 떨어뜨리고 일 년을 땅 속에서 견뎌야 했
습니다.

시들어버린 꽃잎을 더 이상 봐주는 사람이 없었기에..
처음 피어올랐던 그 흙 속으로 들어갔습니다.

그 화사하던 수선화는 어두운 흙속에 묻혀 외롭고 힘든 날들을 견뎌야
했습니다.
힘겨움은 한해 내내 이어졌고 결국 남들은 수선화를 잊었습니다.
이제는 완전히 사라진 꽃이라고 무심하게 잊어 버렸습니다.

그런데 더 이상 그 환한 웃음을 볼 수 없을 줄 알았던 그 수선화를..
아주 오래전 흙 속에 묻혀있어.. 그냥 사라져 버린 줄 알았던 그 수선화

가.. 일 년 만에 다시 피어올랐습니다.

완전히 묻혀버려 흔적조차 전혀 보이지 않아 사라진지 알았던 수선화..
하지만 흙 속에서는 하얀 뿌리가 얼기설기 강하게 얽혀..
묵묵히 새봄을 준비하고 있었습니다.

아무도 볼 수 없는 곳에서..
누구도 보이지 않게 자라고 있었던 것입니다.

새봄, 그 수선화 꽃이 핍니다.
꽃 봉우리가 맺혀 겨우 고개만 슬며시 내미는가 싶더니..
얼굴을 쑤욱 내밀며 환하게 웃습니다.
자기가 예전 노란 미소의 그 화사한 '수선화 맞다'라는 것 입니다.

정말 그 수선화 맞습니다.
노랗게 활짝 웃었던 작년의 그 수선화 맞습니다.
잊혀졌던 그 수선화 맞습니다.

아주 떠난 줄 알았는데 더 아름다운 웃음으로 다시 일어섰습니다.
게다가 이번에는 작년과 다르게 한송이가 더 피어 세송이로 돌아왔습니다.

한송이에 한가지씩.. 분명 세가지 희망을 담고 있을 것 입니다.

당신도 그렇습니다.

비록 지금 남들에게 활짝 핀 꽃을 보여주지 않아도..

저 땅 밑에서 열심히 수선화는 싱싱한 뿌리를 내리고 있듯이..

그렇게 남들 모르게 묵묵히 내일의 웃음을 키우고 있는 것입니다.

수선화..

단지 아름다운 꽃이라고 말 할 수도 있지만..

운 좋게 피어난 연약한 꽃이라고 오해 할 수도 있지만..

그 밝은 미소와는 다르게..

긴 시간 시린 땅 속을 견뎌 시련의 크기만큼 자란 희망의 꽃 입니다.

그대, 지금 힘들다면 수선화를 보세요..

그러면 또 일어설 수 있습니다.

그 아름답고 화사한 수선화가 바로 그대 입니다.

당신도 그렇게 더 활짝 다시 피어날 수 있습니다.

비록 지금 힘들다고 해도..

결국 수선화처럼 피어날 그대 입니다.

반드시 다시 피어날 수선화 그대입니다.

사랑하고 싶다면.. 먼저 내 마음을 비우세요..
– 사랑을 담고 싶은 만큼.. 비워 놓으면 사랑으로 채워집니다..

비워야 채워진다는 말이 있습니다.

그 예전.. 한없이 진지하고 심각하게 살며.. 세상을 다 안다고 착각 했었던 시절이 있었습니다.
그러다가.. 그 누구나 평범한 인생은 없듯이 저 역시 산전수전을 겪고,
천당과 지옥을 오가다가..
어느 순간 인생의 벼랑 끝에 서게 되었습니다.

그런데 그렇게 벼랑 끝에 서게 되니 오히려 마음이 더 비워졌습니다.
마음이 비워지는 상황에서 제 인생을 다시 돌아보게 되었습니다.
그랬더니 정말 고마운 사람, 정말 소중한 가치들이 무엇인가 다시 떠올랐습니다.

별로 고마울 것 없는 억울 하기만한 인생인 줄 알았는데..
그래도 알고 보니 고마운 것들이 여러 가지 있었습니다.

결국 돌아서 떠올려보니 그래도 고마운건 사람이었고..

하지만 그럼에도 불구하고 소중한 건 사람이었습니다.

의외로 못난 저를 사랑해 주는 사람도 많았고..
못된 저를 좋게 봐 준 고마운 사람도 많았습니다.
그렇습니다. 결국 인생을 되돌아보니 그래도 '사랑'이었습니다.

그래서 지난 삶을 되돌아보면..
어쩌면 제가 고마운 사람이 없었던 것이 아니라..
고마운 것을 고마워할 줄 몰랐던 것이었던 같았습니다.
무엇이 고마운 건지 몰랐던 것 같습니다.

존재 자체로 외로운 것이 인간이라지만..
그 외로움 속에서 사랑을 받고.. 사랑을 나누며..
삶의 소중함을.. 사랑의 소중함을 알아가는 것이 살아감이었습니다..

결국 비우면 채워진다는 것처럼.. 모든 것을 비워 보니..
고마워해야 할 것.. 사랑스러운 것들이 보이기 시작 했습니다.

흰 도화지에 그림을 그리고 글씨를 쓸 수 있듯이..
내 마음에 여백이 생기니 사랑의 이야기가 쓰여 졌습니다.

언제쯤 사랑 이야기가 써질까라고 생각했는데..
그동안 쓸 이야기가 없었던 것이 아니라 쓸 준비가 되어 있지 않았던 것

입니다.

우리 삶도 그런 것 같습니다.
왜 나에겐 사랑하는 사람이 없지.. 라고 생각하지만..
어쩌면 우리는 진정한 사랑을 할 준비가 되어있지 않은 건지 모르겠습니다.

결국 사랑은 깨끗한 도화지처럼.. 하얀 눈밭처럼.. 환한 봄꽃처럼..
그렇게 나의 마음이 나의 가슴에 깨끗하고 환하게 비어 있어야만..
누군가를 사랑할 수 있고.. 그 사랑을 받아줄 수 있는 것 같습니다.

이제 사랑하고 싶다면 내 마음을 비우세요..
이제 사랑하고 싶다면 내 마음을 곱게 만드세요..
그러면 더 예쁜 사랑, 더 착한 사랑, 더 소중한 사랑을 하게 될 것입니다.

사랑의 꽃밭이 만들어지면.. 아름다운 사랑의 나비가 찾아옵니다.
사랑의 숲속이 만들어지면.. 멋진 행운의 파랑새가 날아옵니다.
부디, 언제나 소중한 사랑을 하시길...
오늘도 행복한 사랑을 하시길..

당신의 그 사랑을 축복 합니다..
오래도록 소중히 남겨질 그 사랑을..
축복 합니다..

살아감이 좋은 이유들은..
그냥 그것만으로 충분히 행복할 수 있는 것이었기 때문이었습니다.

사랑하며 산다는 것만으로도..
자유롭게 살 수 있다는 것만으로 충분히 행복한 것이었습니다.

_____

꽃피는 날만 좋은 줄 알았더니, 잎이 푸르른 날도 좋더라.
산들바람만 부는 날만 좋은 줄 알았더니, 빗방울 촉촉이 흩날리는 날도
좋더라.
햇볕 따스한 날만 좋은 줄 알았더니, 함박눈 펑펑 내리며 흰눈 쌓이는 날
도 좋더라.

그렇다. 살아가는 날은 모두 좋더라.
사랑할 수 있어 더욱 좋더라.

사랑하는 날은 모두 좋더라.
사랑 줄 수 있어 더욱 좋더라.

이렇게 나 살아가고 사랑하기에 오늘이 좋더라.
언제나 사랑하는 당신이 있기에 오늘도 좋더라.
그리운 당신이 있어 나는 좋더라.

_____

수억만년전부터 하늘이 부모이고, 구름이 누나이고, 나무가 친구인 저 땅을..

아무리 내 것이라 우겨봐야 어찌 내 것이 되겠습니까..

겨우 백년도 채 못 머물다 떠나가는 것이 인생인 것을..

어찌 다 가지고 싶어 하고, 어찌 내 것이라 우기려 하는 걸까요.

어제는 비 내렸으니 오늘은 개일 것이고, 오늘은 바람 부니 내일은 맑을 것이고..

그러면 되는 건데 왜 그리 걱정하는 걸까요.

꽃 피고 새 날고 사랑하는 내 님 함께 있는데 행복하지 않을 이유가 무엇이던지...

그래서 오늘은 오늘이어서 좋고, 내일은 내일이라서 좋은 건데..

오늘은 또 이렇게 잘 살아 있어서 좋고, 내일은 또 내일이 거기에 있기에 좋은 건데..

이렇게 오늘도 좋고, 내일도 좋은데 우리 삶이 행복하지 않을 일이 무엇 때문일까요.

결국 바람 불고, 나비 날고, 꽃이 피고, 비가 오고, 눈이 오고, 햇볕 비추는 여기 이곳에..

나 살아있고, 나 살아가면 언제나 좋은 것입니다.

오늘도 바람은 불고 나비는 날고 꽃은 피고 있습니다.

그래서 오늘도 좋고, 내일도 좋을 것입니다.

사랑하는 사람 함께여서 더 좋을 것입니다.

우리 살아감은 그래서 언제나 좋은 것입니다.

['강목어' 저자의 "그래도 당신이 좋습니다"에서 발췌]

****

****

늦게 핀 꽃, 너도 예쁘다..

그냥 당신이기에.. 단지.. 당신이기에.. 그것만으로도...

이젠 당신이 행복했으면 좋겠습니다.

– 언제나 너무 사랑해주기만 했던 사람이니까...

이제 그만 당신이 행복했으면 좋겠습니다.

당신은 언제나 먼저 사랑을 베풀기만 했던 사람.. 당신은 너무 착한 사람..

당신은 늘 희생하기만 했던 사람.. 그래서 당신은 늘 뒤돌아 혼자 아팠던 사람..

그래서 이제 그만 당신도 행복했으면 좋겠습니다.

사랑받기 보다는.. 사랑해 주었기에..

이해받기 보다는.. 이해해 주었기에..

위로받기 보다는 위로해주고..

눈물 흘리기 보다는..

눈물 닦아주는 사람이었기에..

그래서 이제는 사랑만 받고..

행복하기만한 그런 사람이..

당신이면 좋겠습니다.

세 번째 이야기 : 늦게 핀 꽃, 너도 예쁘다..

이젠 그만 행복하세요..
이미 그동안 너무 많이 아팠으니까요.
언제나 너무 사랑해주기만 했던 사람이니까요.
단지 묵묵히 기다려주기만 했던 사람이니까요.

이제 그런 당신에게 사랑을 알기에
이제 당신이 사랑만 받았으면 좋겠습니다.
이제 당신은 사랑 받을 것입니다

이제 당신에게 사랑받는 일만 남았습니다.
당신 인생에 남은 것은 오직 사랑 받는 행복 뿐 입니다.
꼭 그렇게 될 것입니다.

그 어떤 이유가 아니더라도..
그냥 당신은 너무 좋은 사람이니까..
당신은 아주 편한 사람이니까..

이젠 당신이 행복해져야 합니다.
꼭 그렇게 되어야 합니다.
단지.. 당신이니까..

언제나 사랑하는..
당신이니까..

저 역시.. 나약한 인간인데..
어찌 외롭지 않고,, 어찌 아픔이 없겠는지요..
그래도 단지 지금까지 살아남았을 뿐..

그래서 비록 부족한 사람이지만 이렇게 씁니다..
어차피 내 삶이니까..
아무리 내가 아프고 힘들어 해도 내 삶을 대신해주지는 않으니까..

결국은 내 몫의 삶의 주인이기에..
나라도 나를 믿어주고 안아주고 사랑해주어야지요..

그래서 또 누군가를 사랑해주고,,
삶의 소중함과 행복을 함께 전하고 나누어야지요..
또 그렇게 우린 살아남고.. 살아가야지요..

우린 세상에서 가장 소중한 존재들이니까..
가장 소중한건 그래도 사랑이니까..
끝까지 후회없이.. 미련없이.. 사랑해야지요..
그렇게 살아야지요.. 살아가야지요..

세 번째 이야기 : 늦게 핀 꽃, 너도 예쁘다..

* 그냥 당신이기에.. 단지..
당신이기에.. 그것만으로도..
-그냥 당신이기에.. 당신이 좋다는 것을.. 당신만 모릅니다..

그냥 좋은 사람이기에.. 단지 당신이기에.. 그냥.. 당신이 좋습니다..

처음 볼 때부터.. 그냥 당신이 좋았습니다.

밝게 환한 표정이 좋았던 것도 사실이지만...

유쾌하고 시원한 웃는 모습이 좋았던 것도 사실이지만...

유난히 선한 눈빛으로 착한 인상이 좋았던 것도 사실이지만..

하지만 그래도.. 단지 그것 때문만은 아닙니다.

당신의 미소가 예쁘기 때문만은 아니었습니다.

이제 알았습니다.

그동안 막연히.. 생각 했던 '착한사람', '좋은사람'은..

바로 당신이었습니다.

당신이라면 언제나 한결같은 사람이라서..

언제나 손잡고.. 함께 걸을 수 있는 사람..이란 것을 알고 있지만..

그래도.. 그냥.. 함께하는 것만으로도.. 좋은 사람이기에..

단지 그냥 좋은 사람이었기에..
그냥 좋은 당신으로.. 함께하면 그냥 좋습니다.

당신이 그냥 좋기에.. 당신을 좋아하고 있으니..
지금 이대로.. 지금 그대로.. 함께 있어주세요..

그냥 좋은 사람.. 그냥 좋은 당신이기에..
좋았던 그 느낌처럼.. 그렇게 함께하고 싶습니다.

아무리 세상이 무엇 때문이라고 말할지라도..
저 달이 그냥 뜨고.. 저 바다가 그냥 다가오듯..
우리도 그냥 좋은 사이로.. 그냥 좋은 마음으로..
그냥 그렇게 함께해요..

그냥 그대로도 괜찮습니다. 당신이라면.. 단지 당신이라면..
지금 그대로도 괜찮습니다. 지금 그대로도 당신이 좋습니다..

운명처럼.. 숙명처럼.. 그냥.. 당신이 좋습니다..
단지 당신이기에.. 당신이 좋습니다..

착한 '풍뎅이'가 있습니다..
그 '풍뎅이'는 화사하게 날 수 있는 나비가 부러웠습니다,

하지만 꽃잎은 알고 있습니다.. 나비는 날아 갈 수 있지만..
뒤뚱이는 '풍뎅이'는 날 수는 없지만.. 그래도 착하다는 것을..
그런 순수함으로 오래도록 언제나 함께 한다는 것을..

그 꽃은 그래서 '풍뎅이'를 더 좋아하는데..
여전히 풍뎅이는 혼자 뒤뚱이며 나비가 못 되었음을 부러워합니다.

그 뒤늦은 걸음이 순수하고 착해 보여서..
굳이 날지 않아도 함께 할 수 있는 것 만으로도..
단지 '풍뎅이' 당신이라서 더 사랑했는데..

그 사랑을.. '풍뎅이' 저만 모릅니다.
당신만 그 사랑을 모릅니다..

늦게 핀 꽃처럼.. 여전히 당신도 예쁘다..
– 여전히 소녀인 당신, 아직 그대로 사랑스러움을 나는 안다..

늦은 오후의 강가를 걸으며..
잔잔한 강물 벗 삼아 엷은 미소로 웃고 있는 노란 꽃을 봅니다.

늦게 핀 꽃입니다.
아침에 피었다 해도.. 온 종일 벌과 나비와 새들을 돌보다가..
이제야 자기 꽃을 활짝 피워낸 오후의 꽃입니다.

하지만 그렇게 늦게 핀 꽃 임에도..
이제 강물 위로 노을이 흐르려는 지금에도..
여전히 그 꽃은 예쁩니다.

그 늦은 꽃을 바라보는.. 오후의 당신도 예쁩니다.
늦은 오후에 핀 그 꽃처럼.. 당신도 여전히 예쁩니다.

그래도.. 여전히 내 사랑..
언제나.. 내 사랑.. 당신..

세 번째 이야기 : 늦게 핀 꽃, 너도 예쁘다..

늦게 핀 꽃처럼 여전히 예쁜..

내 사랑.. 당신..

여전히 소녀인 당신..

햇빛 화창한 봄날에도.. 환한 봄꽃 바라보며..

지나는 청춘에.. 돌아서는 젊음에.. 무정한 세월에..

조용히 눈물겨워 하는 그 맘을 나도 안다..

여린 바람만 불어도.. 여전히 당신 가슴속 소녀가..

다시 예전처럼 하염없이 걷고 있음을 나도 안다..

꽃잎이 떨어져도.. 봄비가 추적여도..

하물며... 커피 한잔을 마셔도.. 그렇게 여전히 소녀인 당신이..

그 거리를 그렇게 걷고 싶어함을 나도 안다..

그 마음의 소녀는 여전히 그렇게 봄날을 걷고 있지만..

차마 걷고 싶다고.. 걷고 있다고..

그리고 싶지만.. 그러고 있지만..

또 차마 그렇다고 말하지 못함을 나도 안다..

여전히 소녀인 당신, 아직 사랑이 남아 있음을 나도 안다..

그래서.. 여전히 이렇게..

여전히 예쁜 꽃으로.. 바라보고만 있다..

차마.. 돌아가자고 말하지 못하고..

그렇게 바라보고만 있다..

나의 예쁜 꽃으로..

아주 오래도록..

세 번째 이야기 : 늦게 핀 꽃, 너도 예쁘다..

꽃을 꽃으로 보는.. 그런 당신이 '꽃' 입니다.
– 더 이상 외롭지 않은 소중한 꽃으로.. 만들어 준 건 바로 당신..

꽃이 아름다운 건.. 단지 모진 비바람과 그 뜨거운 햇볕 아래서도..
그렇게 환하게 웃고 있기 때문만이 아닙니다.
겨울의 얼어붙은 대지를 뚫고 나왔음에도..
그리도 예쁘게 피어났기 때문만이 아닙니다.

그런 그 꽃을 꽃으로 알아 봐주는..
소녀 같은 당신의 마음이 있기 때문입니다.

꽃을 피우는 건 스스로 긴 인고의 계절을 견뎌낸 자신이지만..
꽃을 꽃으로 완성 시켜 주는 것은 바로 소녀 같은 당신입니다.

아무도 찾지 않는 들녘에 쓸쓸한 들꽃으로 피어도 꽃이지만..
그 들꽃을 단지 홀로 핀 외로운 들꽃이 아닌 고운 꽃으로..
더 이상 외롭지 않은 소중한 꽃으로.. 만들어 준 건 바로 당신 입니다.

소녀 같은 당신이 있기 때문에.. 꽃은 꽃으로 다시 태어나서..
비로소 진짜 꽃이 된 것입니다.

그렇다고 꽃을 보는 당신이..

남들보다 특별한 능력을 가진 것도 아니고..

남들보다 별난 사람도, 예민한 사람도 아닙니다.

단지 여전히 순수함을 간직한 사람일뿐..

하지만 그 꽃을 꽃으로 볼 수 있는 사람은..

반드시 순수한 사람이어야만 합니다.

아픔과 시련 속에서도 꽃은 피어나고..

눈물 속에서도 꽃은 피어납니다.

'눈물 꽃'을 볼 수 있는 사람은.. 눈물 흘려 본 사람만이 알 수 있고..

'겨울 꽃'을 볼 수 아는 사람은.. 시린 추위를 견뎌 본 사람만이 알 수 있
습니다.

'사막 꽃'을 볼 수 있는 사람은.. 모래바람 속에 치열한 땀을 흘려 본 사람
만이 알 수 있고..

'벼랑 꽃'을 볼 수 있는 사람은.. 벼랑 끝에 서보았던 사람만이 그것을 볼
수 있습니다.

그렇게 슬픈 꽃, 아픈 꽃, 눈물 꽃, 깊은 꽃, 순수 꽃을..

알아 볼 수 있는 당신이 있기에..

그 꽃을 꽃으로 봐 줄 수 있는 당신이 있기에..

그 사연 많은 꽃들도 세상은 아주 소중하고.. 고마운 곳으로..

피어나고.. 살아 갈 수 있습니다.

세 번째 이야기 : 늦게 핀 꽃, 너도 예쁘다..

꽃을 꽃으로 보는 사람..

당신은 꽃을 꽃으로 볼 줄 아는 사람입니다.

무척 드물게도.. 당신 같은 사람만이 꽃을 꽃으로.. 있는 그대로 봅니다.

마치 드넓은 초원의 푸른 바람처럼.. 깊은 숲속 새들처럼..

비온 후.. 첫 새벽의 이슬처럼.. 곱고 착한 소녀의 심성으로..

꽃을 봅니다.

꽃들의 이야기를 들어주고.. 그 꽃만의 수수한 향기를 느끼며..

함께 울고.. 함께 웃어줍니다.

착한 사람만이 착함을 압니다.

착함을 안다는 것만으로도 당신은 착한 사람 맞습니다.

그래서 꽃을 꽃으로 볼 줄 안다는 것만으로도..

당신은 고운사람 맞습니다.

꽃 같은 사람 맞습니다.

바로 당신이..

그렇습니다.

_____

제가 피워 내는 꽃은..

세상에 피어난.. 예쁜 꽃, 귀여운 꽃, 우아한 꽃, 향기로운 꽃처럼..
돋보이거나.. 아름답지도 않습니다.
향기롭지도 않고.. 화려하지도 않습니다.

그냥 어느 들녘에서나 볼 수 있는 그런 들꽃 같은 꽃입니다.
그런데 아주 희한하게도 그 평범한 꽃을..
그 아픈 꽃, 슬픈 꽃, 외로운 꽃을..
그래도 좋게 봐주는 착한 사람들이 있습니다.

그 사람들 덕분에.. 그 품안에서..
내가 피워낸 들꽃은.. 희망의 꽃이 되기도 하고..
미소 띤 얼굴로 향기를 흩날리기도 합니다.

살아간다는 것이.. 아프고 힘들지 않을 수 없는 것이지만..
그래서.. 홀로 쓸쓸하게 피는 꽃이지만..
꽃을 꽃으로 봐주는.. 그 마음 덕분에.. 소녀의 '책상 꽃'이 되거나..
꽃다발은 되지 못할지라도.. 꽃병의 꽃이라도 되어 봅니다.

그렇게 꽃을 꽃으로 봐준 소녀 같은 당신 덕분에..
그렇게 슬픈 꽃은 아름다운 꽃이 되어 봅니다.
그렇게 당신은 꽃을 꽃으로 피워낸 사람입니다.
그렇게 당신은 고마운 사람입니다.

세 번째 이야기 : 늦게 핀 꽃, 너도 예쁘다..

꽃을 피워 낸 건 나이지만.. 꽃병에 꽂아 준 건 당신이기에..
당신이 그 꽃의 진정한 주인입니다.

그 꽃은 바로 당신의 꽃 맞습니다.
꽃을 꽃으로 만들어 주었기에..
바로 당신의 꽃입니다.

그래서 어쩌면..
바로.. 당신이..
'꽃' 입니다.

청초한..
'꽃' 입니다.

당신은 나를 소년으로 만들어준 사람..
– 소년이 되어버린 중년이.. 나이든 소녀에게..

그래서 믿기지 않겠지만.. 당신 덕분에 소년이 되었어요..

당신이 나를 소년으로 봐주는.. 그 순간부터 나는 소년이 되었어요..

저 별들도 깊은 밤이면 돌아갈 곳을 아는데..

나는 갈 곳 모르고.. 밤을 헤맸었지요..

도대체 어디로... 무엇 때문에.. 왜 가야할지를 주저하고 있던..

바로 그때.. 당신을 만났어요..

당신은 말했어요..

'당신은 소년 같은 사람...'

오직 소년처럼 해맑은 네 순수함을 믿고..

그냥 앞만 보고 가라고..

주저하지도 말고.. 걱정하지도 말라고..

본래의 착한 너처럼.. 유쾌하게 웃는 소년처럼 가라고..

돌아보지도 말고.. 두려워하지도 말라고..

세 번째 이야기 : 늦게 핀 꽃, 너도 예쁘다..

소년처럼.. 처음처럼.. 순수하게 가다보면..
더 이상 밤을 헤매지 않고 너의 길을 갈 거라고..

그렇게 당신은 나를 소년으로 만들어준 사람..
원래의 소년으로 되돌아가게 만든 사람..

이제 소년은 아주 오랜만에 소녀에게 편지를 씁니다.

소녀..
하루하루를 만남의 설레임으로 눈 떠지게 만들고..
헤어짐의 아쉬움을 안고 잠들게 하는 사람..
만나고 헤어지면.. 다시금 목소리가 듣고 싶어..
몇 시간을 통화해도.. 차마 끊지 못하고.. 마지못해 끊어도..
또다시 온종일 전화기를 바라보게 만드는 사람..

소녀..
살아 있어 행복하다 느끼게 해주는 사람..
평범한 일상을 특별하게 만들어주는 사람..
순간순간들을 소중하게 꽃칠 해주는 사람..

소녀..
종이비행기를 만들어 날리게 만드는 사람..

그런 유치한 놀이를 유치해지면 안 되는 나이에.. 하게 만드는 사람..
선물 가게를 찾게 만드는 사람..
구석구석에 선물을 놓아두고 찾아가게 만드는 사람..

사랑 노래를 찾아듣게 만드는 사람..
청바지를 입게 만드는 사람..
기타를 튕기게 만드는 사람..
락음악을 부르게 만드는 사람..
발라드를 듣게 만드는 사람..

바로 그런 소녀 덕분에..
그렇게 중년의 남자는 소년이 되고..
사춘기 소녀는.. 원래 그대로의.. 소녀로..

별들도 밤 세워 사랑 이야기를 나누듯..
밤 세도록 꽃별들의 노래를 들었습니다..

단지 함께하는 것만으로..
다만 바라만 보아도.. 좋다는 말을 믿지 않았었지요..

그러나 이제는 함께 하는 것만으로도..
마주 보며.. 그 숨결을 느낄 수 있는 것만으로..

110

우리 함께하는 것만으로도 좋을 수 있음을 알았습니다.

그냥 함께함을 느끼는 것만으로도..
사랑의 또다른 모습일 수 있음을 알았습니다.

열정적인 사랑만이.. 뜨거운 사랑만이 사랑이 아니라..
은은한 사랑도 깊은 사랑일 수 있음을...

나이 들면서 알게 되는 또 다른 사랑의 모습도 그러함을..
그렇게 알게 되었습니다.

많은 말을 하지 않아도 많은 말을 담고 있음의 의미를..
예쁘게 화장하지 않아도.. 아름다운 옷을 입지 않아도..
꽃처럼 웃지 않아도.. 꽃향기가 나는 사람이 있다는 것을..
그렇게 알게 되었습니다.

사랑해라는 한마디를 들으려.. 유치한 말싸움을 하면서도..
그런 것조차 사랑의 모습임을.. 그렇게 알게 되었습니다.

'네가 참 좋다..' 라는 말을..
나도 모르게 하게 만드는..
네가 참 좋다..

나이가 들었다고 사랑을 모를테냐..
– 사랑하지만.. 사랑한다고 말은 안하지만.. 그 진심은 더 깊다고..

나이가 들었다고 진심이 없을테냐, 나이가 들었다고 사랑을 모를테냐..

나이가 들었다고 그리움이 없을테냐, 나이가 들었다고 보고픔을 모를테냐..

있어도 없는 척, 알아도 모른 척, 나이 들어감이 그냥 그런 것..

단지 그런 척 하는 것..

나이 드는 그 사랑도 그러합니다..

사랑하는 그 사람을 보는 그 마음도 그러합니다.

그립지만 그립다고 말 못하고.. 사랑하지만 사랑한다 말 못하지만..

그 진심은 더 깊고.. 그 사랑은 더 진할 수 있습니다.

단지 그러함을 그러하다고 모두 전하지 못하는 것일 뿐..

"민들레를 사랑한 '양지꽃' 당신에게.."

'민들레'에게 날지 못한다는 사실은 늘 아픔이고 그리움이었지.

일찍부터 혼자된 외로움에 늘 사람들이 그리웠고..

저 멀리 가고 싶었지만, 저 멀리 날아갈 날개가 없는 내 자신이 서럽고
아팠었지.

그래서 함께할 누군가가 그립고..
더 높이, 더 멀리 날아가고픈 동경심은 잊을 수 없는 그리움이고 간절한
소망이었지.

그런 마음은 세월이 지나고, 또 지나도 변하지 않았지.
얼마나 더 많은 시간이 지났을까..

그런데 어느 날 문득 그런 생각이 들었지.
고작 날아봐야 바람에 실려 날려질 뿐인 민들레 홀씨 같은 들꽃처럼..
지금까지의 인생도 그러하지만..
지금까지의 인생이 그러하기에..

이런 혼자 날지 못하는 '민들레'를 사랑해주고 이해해주는..
착하디착한.. '양지꽃' 당신을 만났다고..

비록 민들레 홀씨 같은 날개조차 없지만 또 그래서 언제나 함께 할 수 있
는 당신을..
햇볕 좋은 양지에 사이좋게 마주앉아 아웅다웅할 당신을 만났다고..
그래서 내가 아직 날지 않아도 행복하다고.. 행복할 수 있다고..

또, 그래서 아직 '민들레'는 날 수 있다고..

'양지꽃' 당신이 믿어주고 기다려주기에 결국 날 수 있다고..

끝내 멋지게 날아 보일 거라고.. 그래서 '양지꽃' 당신에게 더 가까이 다가갈 거라고..

'양지꽃' 당신 얼굴 위에 사뿐히 내려앉아 사랑하는 그 마음을 전해줄 거라고..

그래서 당신의 노란 그 꽃잎이 더 활짝 웃을 수 있도록..

꼭 행복하게 해줄 거라고..

알겠니.. 내 사랑, '양지꽃' 당신..

나이가 든다고 해서 사랑하는 마음이 사라지는 것은 아닙니다.

나이가 든다고 해서 사랑하는 이유가 줄어드는 것은 아닙니다.

누구에게든 기다려주는 사람이 있습니다.

이제는 그 마음이 줄어든 줄 알았는데.. 이제는 그 마음을 잊은 줄 알았는데..

늘 변함없이 기다려주는 사람.. 기다리고 있는 사람.. 내 사랑이 필요한 사람..

그렇습니다. 사랑하는 마음은 여전히 변함없습니다.

단지.. 그 사랑을 모두 전하지 못하고 있을 뿐...

세 번째 이야기 : 늦게 핀 꽃, 너도 예쁘다..

언제나 나를 지켜 봐주고.. 나를 기다리고.. 나를 일으켜 세워주고.. 나를 안아주는 그 사람에게..

좀 더 사랑한다고 말할 수 있는 사람이 되면 좋겠습니다.

당신에게 전하는 사랑의 꽃다발
– 이 모든 사랑의 꽃이.. 당신으로 인해 피었기에..

사랑을 하면 가슴에 꽃이 핍니다.

고운 사랑을 하면 진달래가..

착한 사랑을 하면 민들레가..

예쁜 사랑을 하면 개나리가,,

귀여운 사랑을 하면 장미꽃이..

달콤한 사랑을 하면 안개꽃이..

고귀한 사랑을 하면 백합꽃이..

순수한 사랑을 하면 봉선화가..

진실한 사랑을 하면 수선화가..

행복한 사랑을 하면 물망초가,,

열정적인 사랑을 하면 라일락이..

헌신적인 사랑을 하면 나팔꽃이..

지고지순 사랑을 하면 목련꽃이..

애정어린 사랑을 하면 채송화가..

마음깊은 사랑을 하면 크로바가..

부드러운 사랑을 하면 코스모스가..

이 모든 사랑이 당신으로 인한 사랑이고..

이 모든 사랑의 꽃이.. 당신으로 인해 피었기에..

이 어여쁜 사랑의 꽃밭을 고이 가꾸어..

당신과 함께하는 사계절 내내..

늘 싱그러운 사랑의 꽃다발에.. 꽃병에.. 담아..

당신의 침실에.. 당신의 식탁에..

당신의 머리에.. 당신의 가슴에..

살며시.. 고이고이 올려놓을 것 입니다.

그래서 꽃들의 아침인사로 하루를 상쾌하게 시작하고..

온 종일 환한 꽃처럼 화사한 기분으로 보내라고..

밤이면 꽃향기에 취해.. 편안한 휴식을 맞으라고..

그 모든 사랑의 꽃을 모두 모아 아름다운 꽃다발을 당신에게 드립니다.

내 사랑하는 당신에게 드립니다..

세상에서 가장 아름다운 사랑으로 받아주세요..

세상 유일한 사랑으로 받아주세요..

당신에게 드리는 저만의 꽃다발을..
사랑으로 담아낸 저만의 꽃다발을..

이렇게 당신에게만..
세상 가장 소중한 꽃다발을..
두 손 모아 마음 담아 고이고이 드립니다.

그러니, 사랑하는 당신..
언제나.. 꼭.. 행복하세요..

사실 나이들수록... 연애편지를 받아 보는 것이 얼마나 까마득한 예전일까요..
하지만 누구나 받고 싶고.. 가슴 설레는 그 연애편지를..
이제는 점점 받기 어려운 나이가 되어 가고 있습니다.

그래서 잠시 그 설레임을 느낄 수 있기를 바라며 연애편지를 써 드립니다.
그러니 아무 부담 갖지 마시고 제 편지를 읽는 짧은 순간만이라도 기분 좋고 즐거운 마음으로 편하게 읽어주세요..

결국 사람에게 사랑만이.. 위로가 될 수 있고.. 행복이 되고.. 추억이 된다 생각하기에..

세 번째 이야기 : 늦게 핀 꽃, 너도 예쁘다..

이렇게 사랑의 글을 전합니다.

나이 들수록 쉽게 느끼는 어려운 아름다운 사랑의 감정이기에..
비록 글로라도 그런 감정을 느끼기를 바라면서 이 글을 전합니다.

멜로드라마에서 대리만족을 얻고..
선남선녀 연예인들의 사랑의 장면을 보면서 대리만족을 하며..
어려운 현실을 잠시 내려놓고.. 새로운 힘을 얻듯이..
그런 작은 위로라도 되고 싶은 마음에 이 글을 드립니다.

약간의 감정의 과장된 표현이 있더라도..
부디 너무 쑥스럽다고 생각 마시고 그냥 느껴주시길..

이 글을 읽는 동안만큼이라도..
그 짧은 순간만큼이라도 달달하고 달콤하고 행복하다면..
아이스크림처럼.. 커피처럼.. 꽃향기처럼..
미소 지을 수 있게 만들 수 있다면 좋겠습니다.

힘든 시절, 힘든 시기, 힘든 현실..
뭐 하나 웃음 짓고.. 즐거울 일 많지 않은 세상사에..
무거운 짐 잠시 내려놓고.. 작은 휴식으로..
편안하고.. 행복한 감정으로 이 글을 느껴주시면 좋겠습니다..
단지 그러시면 됩니다..

오직 나만이.. 당신을 위해 해줄 수 있는 것..
– 나에게도 당신만을 위해 해줄 수 있는 것이 하나 있었네..

그래도 다행이네..

가진 것 없기에 해줄 수 있는 것도 없는지 알았는데..

나에게도 당신을 위해 해줄 수 있는 것이 하나 있었네..

오직 나만이 할 수 있는 것이 하나 있었네..

미처 나는 몰랐네.. 나에게도 잘 하는 것이 하나쯤 있다는 것을..

그래도.. 부드럽게 바라봐 주는 것.. 조용히 기다려 주는 것..

그래도.. 가만히 이해해 주는 것.. 즐겁게 맞장구치며 들어주는 것..

그래도.. 따스하게 어루만져 주는 것.. 언제나 편안하게 안아주는 것..

그래서 당신을 금방 잠들게 하는 것..

그래서 당신을 편히 잠들게 하는 것..

그렇게 언제나 사랑으로 대해주는 것..

그렇게 언제나 사랑으로 함께해주는 것..

세 번째 이야기 : 늦게 핀 꽃, 너도 예쁘다..

남들은 비록 너무 보잘 것 없는 것들이라 말 할 수 있지만..

그래도 그건 내가 가진 전부를 준 것이었네..

누군가는 볼 품 없고 초라할 수 있는 것들이라 말 할 수 있지만..

그것만큼은 내가 그 누구보다 당신에게 잘해 줄 수 있는 것들이었네..

비록 남들은 가진 것 없는 그 사랑이 초라하다 할지라도..

다른 사람에서 받은 상처를 나에게서만큼은 위로 받을 수 있다고..

다른 누군가는 받지 못할 수 있는 '고운사랑'을 당신만이 받고 있다고..

언제나.. 여전히.. 그 '착한사랑'을 받고 있는 사람이.. 바로 당신이라고..

그렇게 오직 나만이 당신에게 전해줄 수 있는 것이 하나는 있었네..

그러나 사실은 그래도 당신이 나보다 좋은 사람, 고마운 사람..

나만의 그런 사랑을 받을 수 있는 사람.. 받아줄 수 있는 사람..

당신만이.. 그 사랑을 받을 수 있는 소중한 사람..

그래서 그 사랑을 더 주고 싶은 고마운 사람..

그래요.. 남들은 해줄 수 있는 것이 많이 있지만..

나는 당신에게 해 줄 수 있는 것이 별로 없어요..

하지만 그래도 나만이 당신에게 해줄 수 있는 것이 하나 있어요..

그건 나만큼 당신을 사랑할 사람은 없다는 것..

그래서 내가 세상에서 당신을 가장 사랑해줄 수 있다는 것..

나만이 할 수 있고, 내가 다른 그 누구 보다 잘할 수 있다는 그 것..

그래, 맞아요.. 단지, 사랑.. 그 사랑..
오직 나만이 사랑해 줄 수 있고.. 그대만이 사랑 받을 수 있는.. 그 사랑..

비록 내가 가진 것 부족하고 잘 나진 못 했어도..
그래도 당신만큼은 가장 많이, 가장 크게 사랑 할 수 있는 사람..
그래서 오직 나만이.. 오직 나만이 할 수 있는 그 사랑..
바로 당신에 대한 그 사랑..

세 번째 이야기 : 늦게 핀 꽃, 너도 예쁘다..

당신이 바로 '봄'입니다..

아직 시작일 뿐이라고.. 이제 더 활짝 꽃피게 될 거라고...

'봄'은 말했다.. 아직 꽃들은 피지도 않았다고..
– 아직 시작일 뿐이라고.. 당신을 위해 활짝 꽃피게 될 거라고...

새봄은 말했다.. 이제 단지 시작일뿐이라고.. 아직 꽃들은 피지도 않았다고..
그러니 실망하지도 말고.. 포기하지도 말라고..

이제서야 새로운 출발을 시작할 뿐이고.. 새로운 꽃피움을 준비를 마쳤을 뿐이라고..
지금에서야 봄순들이 봄햇빛과 따사로운 첫만남을 했을 뿐인데..
벌써 활짝핀 연분홍 꽃잎을 찾고 있느냐고..

새봄, 강 위에 섰다. 그리고 그 강물에 지난 겨울의 나도 흘려보내고 싶었다..
겨우내 차갑게 얼어 있었던 내 가슴을 녹여 보내고 싶었다.

강물과 함께 하염없이 걸었다..
그래서 얼음장이 저 아래부터 서서히 녹아 버리듯이.. 나의 겨울도 녹아 내리기를 바랬다.
하지만 금방 봄은 오지 않듯이..

네 번째 이야기 : 당신이 나에게 '봄'입니다..

얼어 있던 나의 겨울은 쉽사리 강물에 녹아내리지 못했다.

계속 걸었어.. 강물을 따라.. 봄 햇살 따라 걸었다..
시린 겨울을 견디게 했던 당신을 생각하며 걸었다..

강가에는 여전히 메마른 얼굴로 쓸쓸히 고개 숙이고 있는 수많은 갈대들..
마치 그리도 많은 사람들이.. 모두 각자 아무 말 없이 혼자만의 길을 가는 것처럼..
그렇게 무심히 지나갔다.

그래도 무작정 계속 걸었다..
하지만 여전히 내 마음은 녹지 않았다..

그때였다.. 봄바람이 내 곁으로 부드럽게 다가왔다.
그리고 나에게 말했다. 이제 봄은.. 단지 시작일 뿐이라고..
봄이 끝난 것이 아니라.. 이제 겨우 시작일 뿐이라고..

진짜 꽃은 피지도 않았다고.. 진짜 꽃을 보려면.. 아직은 좀 더 기다려야 한다고..
그러니 힘들고 어렵더라도 포기하지 말고.. 실망 하지 말고.. 너무 아파하지 말라고..
아직 꽃들은 피지도 않았고.. 나비는 오지도 않았고.. 어린새는 겨우 날개짓을 시작했을 뿐이라고..

그리고 또다시 말했다.. 조금만 더 믿어주고.. 기다려 달라고..
조금만 더 기다려 보라고.. 지금은 단지 봄햇살이 비추고.. 봄바람만으로 다가왔지만..
조금만 더 지나면 꽃이 피고.. 새가 날고.. 열매들이 맺히기 시작할 거라고..
이제 곧 저 꽃들과 함께하는 나비와 풀꽃과 벌레들의 노래 소리를 들을 수 있을 거라고..

지금껏 봄이 오지 않는 겨울은 없었다고..
봄이 오지 않은 강은 없었고.. 봄이 오지 않은 들녘은 없었다고..
그렇게 봄이 가진 보드랍지만 질긴 생명력과 포근하면서도 아름다운 신비를 믿어 달라고..

세상 그 아름다운 날들은 아직 시작 되지 않았으니..
조금만 더 기다려 보라고.. 봄을 믿어보라고.. 세상의 신비를 믿어보라고..
봄은 결코 이대로 끝나지 않는다고.. 겨우 얼음장만 녹이고 끝나지 않는다고..
저 강물 위를 은빛 비늘이 퍼덕이는 물고기와 날개짓 화려한 새들의 노래를 들려줄 거라고..

네 번째 이야기 : 당신이 나에게 '봄'입니다..

그 날이 멀지 않았다고.. 그때까지만 기다려 달라고..
조금만 더 기다려 달라고.. 그래서 봄을 믿으라고..

어느 시린 겨울이라도 봄이 오지 않은 적 없고..
그 어느 봄도 꽃을 피우지 않은 적 없다고..
단지 모든 봄이 완전히 시작되지 않았을 뿐이라고..
그렇게 봄은 나에게 말했다..

부드럽고 착하게.. 여리지만 따뜻하게.. 보드랍고 포근하게..
엄마의 손길처럼.. 엄마의 마음처럼.. 봄은 내게 말했다..

그래, 조금만 더 견뎌 보자..
조금만 더 참아보자.. 조금만 더 믿어보고 기다려 보자..
맞다, 그래도 봄이다.. 그래서 봄이다.. 그렇게 봄이다.. 정말 봄이다..

봄을 믿고 조금만 더 걸어가 보자..
조금만 더 강물을 따라.. 저 들녘으로 걸어가 보자..
언제나 변함없이 새 생명을 키워낸 봄의 진심을 믿고.. 그 깊은 의미를
믿고..
저 봄을 따라가 보자..

이제 그런 봄이 왔으니.. 다시 시작하면 되는 거다..
움츠린 스스로의 어깨를 두드려 일으켜 세우고.. 나도 나를 만나야지..

그리고 당신도 만나야지.. 저 봄의 대지 속으로 들어가야지..

봄의 강가에서 나는 들었다.. 봄에게서 들었다..
봄은 아직 시작일 뿐이라고... 단지 희망의 시작일 뿐이라고..
아직 꽃들은 피지도 않았다고.. 그 아름다운 꽃들이.. 곧 피어날 거라
고..
당신을 위해 활짝 꽃피게 될 거라고...

반드시 봄은 그렇게 아름답게..
꽃 피어 올 거라고..

네 번째 이야기 : 당신이 나에게 '봄'입니다..

당신이 나에게 '봄'입니다..
나에게 '봄'은 당신입니다..
– 당신만이 '봄'의 신비로 다가와준 바로 그 사람입니다..

당신은 나의 봄.. 하늘이 나에게 봄으로 보내 준 사람..

힘든 시기를 어려운 시기를 잘 견디라고..

외롭고 어려울지라도 그래도 포기하지 말고 힘내라고..

거친 세상이지만 나쁜 짓하지 말고 착하게 살아가라고..

하늘이 나에게 봄으로 보내 준 사람..

눈물 많고 아픔 많은 날들이지만 그래도 당신 때문에 견딜 수 있었습니다.

당신 덕분에 웃을 수 있었습니다.

당신 때문에.. 당신 덕분에..

그래도 괜찮을 수 있었습니다.

봄이 나무와 꽃과 새와 나비를 응원하듯..

나에게 새봄처럼 응원을 해 주고 힘을 주는 고마운 사람..

새봄, 당신이 그런 봄볕 같은 사람입니다.

세상에서 유일하게 나를 웃게 만들어 준 당신..

그런 당신이 있어 힘든 날들이지만 그래도 힘들지만은 않았습니다.

너무도 아픈 날들이었지만.. 아픔지만은 않았습니다.

눈물 나는 날들이었지만.. 울지만은 않았습니다.

그래도 당신이 있어서.. 울 것 같은 날들이었지만 웃을 수 있었습니다.

당신은 눈물 나는 슬픔조차 빙그레 미소로 바꿔 줄 수 있는 신비한 사람입니다.

마치 어둡게 굳은 땅을 초록의 싱그러운 대지로 바꿔 놓는 봄처럼..

당신만이 나에게 만들어주었던 신비한 일입니다.

봄만이 새로운 세상을 만들어내듯.. 바로 그렇게..

남들은 당신을 아직도 철없는 소녀라고.. 여전히 순진한 소녀라고 놀리지만..

남들은 당신을 푼수 같은 여자.. 백치 같은 여자라고 놀리지만..

그래도 저는 당신이 좋습니다. 그래서 당신이 좋습니다.

그런 철없고 순진하고 푼수 같고 백치 같은 당신이기에 오히려 더 좋습니다.

그런 당신이기에.. 저를 미소 짓게 만들 수 있기에.. 오히려 당신은 대단한 사람입니다.

이 각박한 세상에서 유일하게 웃음을 주는 당신이기에 좋아 할 수밖에 없습니다.

그래서 당신을 사랑할 수밖에 없습니다.

네 번째 이야기 : 당신이 나에게 '봄'입니다..

이런 글들을 떠오르게 만들고.. 이런 글을 쓸 수 있게끔 만들어 준 당신..

그래서 당신은 소중 합니다. 그래서 당신은 아주 좋은 사람입니다.

정말 소중하고 예쁘고 착한 사람입니다.

세상 그 누가 뭐라고 말해도 나에게 당신은 그런 사람입니다.

당신만이 그럴 수 있습니다.

당신만이 그런 사람입니다.

그렇게 당신은 나에게 새봄으로 왔습니다.

봄의 신비를 가진 사람으로 그렇게 왔습니다.

새봄, 당신이 있어 행복합니다.

당신에게는 봄이 되어준 사람이 있습니까..

저에게는 봄이 되어준 사람이 있습니다..

새봄 같은 그대가 있습니다.

나에게 그대가 '봄'입니다. 나에게 '봄'은 그대 입니다."

바로.. 그대가.. '봄'입니다.. 바로.. 그대가..

당신에게는.. 새봄 같은 그런 사람이 있습니까..

하늘이 당신에게 힘내라고 보내 주는 사람..

하늘이 그래도 살아가라고.. 포기하지 말라고 보내 준 사람..

정말 봄기운처럼 신비한 힘을 주는 고마운 사람..

그런 새봄 같은 사람은..
우리 인생에서.. 아내의 모습으로.. 남편의 모습으로..
또는 연인의 모습으로.. 친구의 모습으로..
또는 선배, 후배의 모습으로.. 그냥 좋은 사람의 모습으로..
그렇게 다가옵니다.

새봄, 하늘이 나에게 보내준 그 사람을 떠올립니다.
당신에게는.. 새봄 같은 그런 사람이 있습니까..

네 번째 이야기 : 당신이 나에게 '봄'입니다..

당신은 그렇게.. 내게 사랑으로 왔다..
- 그렇게.. 사랑을 알게 되었다.. 그렇게.. 사랑을 하게 되었다..

원래 나는 사랑을 두려워하는 사람이었다.

나는 사랑 받는다는 것에 익숙하지 않았고,

그 사랑을 지키기에는 너무도 심약한 가슴을 가졌다.

그래서 내가 사랑이라는 감정으로부터..

내 자신을 지키는 유일한 방법은 사랑을 하지 않는 것이었다.

그런데도 당신은 점점 내게 사랑으로 오고 있었다.

그래서 당신을 볼 때마다 나는 두려웠다.

그래서 당신을 만날 때마다 나는 또 두려웠다.

차라리 당신을 미워해 본다.

당신이 싫은 이유를 적어본다.

당신이 나에게 맞지 않는 이유를 찾아본다..

그래도..

그러나..

결국 머릿속에, 가슴속에..
당신은 너무도 달콤한 미소로 나를 흔들리게 한다.

아무리 좋아하지 않아야할 이유를 만들고..
아무리 미워할 이유를 찾아내어 잊으려 해도..
돌아서면 금방 그 사람이 보고 싶고.. 오히려 더 간절히 그리워지는 사람..

문득, 고개 돌리면 어른거리며 나타나는 당신 얼굴이 미워..
더 이상 그리워하지 않겠다고 고개를 가로 저으며 다짐을 하고...
시원한 바람을 맞으려 창문을 열자마자 쏟아지는 햇살..

그 찬란한 햇살..을 보는 순간.. 떠오르는 느낌..
지금 당신과 함께 있다면......
지금 내 옆에 당신이 있었으면 좋겠다......
저 찬란함 속에 그녀와의 입맞춤을 나누고 싶다......

"이렇게 좋은날에 내님이 오신다면 얼마나 좋을까...
꽃밭에 앉아.......꽃잎을 보네......"

쏟아지는 햇빛을 느끼며 당신에게 전화를 했다.
당신 역시도 그 햇빛을 느끼고 있었다.

전화 통화를 하면서..

저 햇빛을 늘 함께 느낄 수 있다면.... '참 좋겠다'라는 생각이 들었다.

저 찬란한 햇빛만큼.. 찬란한 기쁨으로...

이제 더 이상 아무리 노력해도 당신을 미워하지 못할지 모른다..

이제 더 이상 아무리 미워해도 당신을 정말 떠날 수 없을지 모른다..

그렇다.. 사랑은 두려움..

그러나.. 사랑은 황홀함..

그렇다.. 사랑은 간절한 그리움..

그러나.. 사랑은 그리운 기쁨..

분명 나는 당신의 사랑을 부담스러워 했었다.

하지만 내가 당신을 부담스럽고 두려워했던 것은..

당신이 미워서가 아니라..

당신이 너무 감동적인 사람이었기 때문..

당신이 덜 예뻐서가 아니라..

당신이 너무 아름다운 사람이었기 때문..

늘 봐오던 그 햇빛조차.. 늘 봐오던 꽃 한 송이조차..

새로움으로.. 찬란함으로.. 행복으로.. 황홀함으로.. 만들어주고..

세상의 모든 날들을 특별함으로.. 바꿔주는 사람이기에..

그래서 그 두려운 사랑조차 감동적으로 만들었던 사람.

그래서 사랑의 두려움조차 잊게 만든.. 당신..

당신은 그렇게 내게.. 사랑으로 왔다.

가슴 떨리는 두려움을 넘어.. 가슴 설레는 사랑으로 왔다.

이제 더 이상.. 사랑이.. 두렵지 않다.

그렇게.. 나는.. 사랑을 하게 되었다..

그렇게.. 나는.. 사랑을 알게 되었다..

그렇게.. 사랑을 알게 되었다..

네 번째 이야기 : 당신이 나에게 '봄'입니다..

오늘밤, 세상 모든 비를 좋아했던 당신이 고맙다..
– 당신을 만날 때의 그 맑은 '설레임'처럼 비 내리는 밤에는..

빗소리를 좋아했던 당신, 비가 오면 꼭 창문을 열어 놓았던 당신..
비가 오는 오늘도 창문을 열어 둔다..
하긴 당신을 만나고부터는 비가 오면 늘 창문을 열었으니까...

그래, 빗소리를 좋아했던 당신은 비가 오면 언제나 창문을 열었었지..
정답게 토박이며 내리는 빗소리가 그리도 정겹다고.. 향긋한 비 내음이
그리도 좋다고..
도르륵 비가 오면 언제나 창문을 열었었던 당신..
비가 오는 지금도.. 당신의 창문은 열려 있겠지..

오늘도 비가 온다.
비가 오는 지금, 창문을 열었던 당신을 떠올린다..

빗소리 보다는 당신을 사랑 했기에 창문을 열었었지만...
비가 오는 지금.. 여전히 창문을 열어 둔다.
빗속 창밖으로 당신을 떠올리며... 하염없이 빗소리에 젖어있다..

안개비가 내리면 잔잔한 그리움으로 안개처럼 잠겨들 거다..

이슬비가 내리면 아득한 보고픔으로 이슬처럼 슬퍼질 거다..

가랑비가 내리면 가슴을 두드리는 아련함에 아파질 거다..

소낙비가 내리면 밤 새 잠들지 못하고 하염없이 기다리며 외로워질 거다.

세상의 모든 비를 좋아하던 당신 때문에..

비가 올 때 마다 가만히 눈감고 빗소리에 젖어있던 당신 때문에..

그래서 한때는 말했었지..

제발 나에게 비처럼 다가오지 말라고... 두렵다고..

당신이 비처럼 다가오는 것이 나는 두렵다고..

너무도 당신이 좋아한 비였기에.. 오히려 단지 비가 내린다는 것만으로도...

아파질 수 있으니까.. 슬퍼질 수 있으니까..

그래서 비가와도 그냥 담담하게 느껴질 수 있는 곳..

그래서 비가와도 당신이 그립지 않은 그곳에서 살고 싶었었지..

하지만.. 그런 곳은 없었어.. 비가 내리지 않는 대지가 없듯...

그 어디에도 당신에 대한 그리움이 내리지 않는 곳은 아무데도 없었어..

한때는 잊은 줄 알았는데..

네 번째 이야기 : 당신이 나에게 '봄'입니다..

비가와도 아프지 않을 줄 알았는데.. 결국은 그립고 보고픈 건 마찬가지..

삶이란 그런 거다.. 사랑이란 것도 그런 거다..
꼭 그 시기가 지나서야 후회를 하지..
그 사람이 떠나 버린 후에야 후회를 하지..
함께 있을 때는 단지 괜찮은 사람이라고만 생각하다가..
떠난 후에야.. 참 고마운 사람이라는 것을 알게 되지..

그렇게 후회하고, 그렇게 떠나보내는 것이 인생이라지만..
비가 내리는 오늘 밤..
그래도 떠올릴 수 있는 사람을 만들어 준 당신이 고맙다..
순수한 그리움을 남겨 준 당신이 고맙다..
세상 모든 비를 좋아했던 당신이 고맙다..

당신을 만날 때의 그 맑은 설레임처럼 비 내리는 오늘밤..
당신이 좋아하던 그 비가 내리는 오늘밤..
첫비처럼 당신이 고맙다..

세상의 모든 그리움이
사라질 때도 당신을 떠올릴 거야..
– 빗속에 떠난 사람.. 비와 함께 돌아오라고 장마가 온다..

무더운 여름에도 바람은 분다.. 하지만 시원하기 보다는..
숨 막히듯 답답한 쓸쓸한 바람이 분다.
그래, 이 햇볕 뜨거운 거리에도.. 허전함의 바람은 불고..
외로움의 바람은 분다.

살아가는 날이라는 것이 원래..
늘 좋은 사람들의 고마움 덕분이라는 것을 이미 알지만..
그래도 살아간다는 이유만으로도.. 살아있음을 느끼는 것만으로도..
더운 바람조차 한 점 없는 여름날에도.. 마음 시린 쓸쓸함의 바람은 분다.

그래서 수많은 사람 속에 살고 있어도 외롭고..
그 복잡한 도시의 화려함 속에서도 허전하고..
그 가득한 사람과 사람의 말들 속에서도 혼자다.

그것이 사람이고 사는 것이라 말해도 여전히 가슴 답답한 막힌 바람은 분다.

여전히 가슴에 사랑이 남은 사람으로 살아가기에.. 그런 것이라고..
그러니 그냥 바람이 부는 대로 그냥 받아들이며 살아가야 한다고..
스스로에게 말해도 가슴 막힌 바람은 멈추지 않는다.

그토록 외면하는데도 가슴 막힌 바람이 여전한 것은..
어쩌면 당신 때문일지도 모른다..

당신은 말했지..
나를 잡든지.. 아니면 그냥 떠나가게 내버려 두던지..

이제 앞으로는 더 이상 나를 찾지 않겠다고..
당신이 나를 붙잡지 않는다면 나를 위해 떠나주겠다고..
더 이상 나에게 애원하듯 말하지 않겠다던 당신..
이것이 자기가 내게 하는 마지막 통화라고 말했던 당신..
나에게도 단 한번, 전화할 기회를 주겠다고 말했던 당신..

하지만 아무리 당신이 보고 싶고.. 그리워도 전화를 하지 않을 거야..
그 통화를 하면 우린 정말 끝이니까.. 영영 끝이니까.. 그것만은 안 되니
까..
마지막 통화는 가장 소중한 비밀의 열쇠처럼 숨겨두었다가..
먼 후일 그리움이 다 할 때면.. 닫힌 당신 마음을 열거야..

세상의 모든 그리움이 사라질 때도 당신을 떠올릴 거야..

세상의 모든 그리움이 사라질 때면 전화를 할 거야..

잘 지냈냐고..
나는 늘 당신 생각을 했었다고..
끝까지 잊지 않고 당신을 기억하는 내가 기특하지 않느냐고..
이렇게 당신에 대한 내 마음은 진심이었다고..

하지만.. 그 마지막 통화를 하기 전에..
그런 긴긴 답답함의 막힌 바람이 끝나도록..
이제 그만 돌아오라.. 내게 다시.. 돌아오라..

장맛비처럼 돌아오라..
그 긴 긴 외로움과 그리움을 한꺼번에 덮어버리듯..
폭우처럼 쏟아 붓는 포옹으로 돌아오라..
몰아치는 빗물처럼.. 격정적인 입맞춤으로 돌아오라..

장마.. 이제 당신이 다시 돌아오는 일만 남았다..
장마가 올 때마다.. 당신 때문이다..
이 무더운 여름에도 숨 막히도록 답답한 바람을 불게한 사람이..
가슴 시린 바람을 불게한 사람이..

네가 없기에 그 답답한 바람이 불고..
그 쓸쓸한 바람은 그 무엇으로도 가셔지지 않는다는 것을 알았을 때..

네 번째 이야기 : 당신이 나에게 '봄'입니다..

이제야 비로소 그 바람이 당신 때문이었음을 느끼게 되었다.

다시 장마.. 비가 오지 않는 장마.. 답답함만 잔뜩 무더운 장마..
이제 비가 오는 일만 남았다.. 쓸쓸함의 바람이 아닌..
후련한 소나기처럼.. 시원한 빗줄기처럼..
비를 좋아한 당신처럼..

이제 그만 돌아오라고.. 장마가 온다..
빗속에 떠난 사람.. 비와 함께 돌아오라고 장마가 온다..
이제 그만 돌아오라고 장마가 온다..
그렇게.. 그렇게.. 장마가 온다..

비야.. 내려라.. 당신비야 내려라..
비야.. 내려라.. 나에게로 내려라..

토닥이듯.. 비가 온다.. 당신과 함께.. 비가 온다..
- 여전히 함께 한다고.. 착한 빗줄기로 한참을 토닥여준다..

마침내 비가 온다.. 이렇게 세상에 혼자 되어버린 날..
혼자인지 어찌 알고.. 그 마음 다독이듯.. 다정히 비가 온다.
세상에 외면당할 때마다.. 늘 다독이며 나를 위로해 주던 당신처럼..
그렇게.. 토닥이며.. 비가 온다..

힘들고 아픈 그 마음 달래주려.. 착한 비가.. 내게 온다..
당신도 그랬었지.. 그래도 괜찮다고.. 가만히 안아 주며 다독여 주었지..
지금 그렇게.. 당신처럼 토닥이는 '착한 비'가 온다.

아무 말 없이.. 그저 다정히 토닥거리는 것 보면..
이 비는 '착한 비' 맞다. 역시, 착한 '당신 비'이기에..
하염없이.. 하염없이.. 토닥이며 내려준다..

토닥토닥 달래주는 그런 비가 온다..
당신 마음 같은 그럼 고운 비가 온다..

그 예전 당신처럼 아무것도 묻지 않는다..

네 번째 이야기 : 당신이 나에게 '봄'입니다..

왜 아프냐고.. 왜 힘드냐고.. 왜 혼자인거냐고..
아무 것도 묻지 않고.. 그저 가만히 내 마음을 두드려준다.

당신 품에 안겨 있으면.. 차분히 마음이 가라앉듯..
그 외로움도.. 그 서러움도.. 그 눈물과 아픔까지도..
모두 다 가만히 위로해 주는 것 보면.. 역시.. 착한 비가 맞다..
착한 당신 비가 맞다.. 당신 마음처럼 착하디착한 그 비가.. 맞다..

비가 온다. 당신과 함께 비가 온다..
당신은 그래도 괜찮다고.. 나를 위로해주려.. 빗소리로 토닥인다..
아픔을 씻어주는 빗줄기가 되어.. 나에게로 당신이 내린다..

울어도, 울어도.. 끝이 없을 것 같은..
그 서러운 마음을 어찌 알았는지.. 하염없이.. 하염없이..
나를 위로해주려 토닥이는 그 비로.. 마침내 내게 온다.

더 이상 서럽지 말라고.. 더 이상 눈물 흘리지 말라고.. 눈물 대신 비로
온다..
당신이 나를 위로해주었듯.. 그렇게.. 비가 되어 내게 온다..

세상과 마주 앉아 함께 거짓 웃음을 짓지 못하는 나를 위해..
그래서 또 혼자인 나를 위해.. 당신이 빗소리 되어 토닥인다..
당신은 늘 그랬듯이.. 나를 토닥여주었었다..

누군가 힘겨운 일을 당하고.. 무언가 억울한 일이 생길 때..

남들은 냉정하게 외면해도.. 차마 냉정하게 넘기지 못하고..

그 어려움을 함께 했더니.. 결국 돌아오는 건..

실속 없이 산다고.. 헛된 일이나 한다며..

나 역시.. 사람들로부터 외면당할 때..

삶이란.. 참 쓸쓸한 것이지만..

그래도 당신이 좋다고.. 그래도 당신을 믿고 기다린다고..

그러니.. 포기하지 말라고.. 아직 할 수 있다고.. 아직 기회는 남았다고..

그리고 여전히 함께 한다고.. 그렇게 한참을 토닥인다.

오늘 이 빗속에.. 후련하게 울고 난후..

다시 일어서.. 시작해보라고.. 차마 그 말을 전하지 못해..

착한 빗줄기로 나에게로 다가와.. 그저 가만히 토닥인다..

토닥..토닥.. 토닥..토닥.. 괜찮아..

토닥..토닥.. 토닥..토닥.. 괜찮아..

그렇게 당신 비가 내린다..

착한 당신 비가 내린다..

비가 온다.. 그렇게 토닥이며 나를 위로해주는..

고마운 비가 온다..

결국 이렇게 나를 위로해주는 건 언제나 당신..

146

착한 당신..

빗줄기 토닥임으로.. 나는 다시 살아간다..
이렇게 나는 다시 일어선다..
이렇게 나는 내일을 맞게 된다..
당신 비와 함께.. 내일을 맞게 된다..

그래도 괜찮다고.. 아직 괜찮다고.. 그렇게 비가 온다..
토닥이며.. 비가 온다.. 혼자 우는 나를 위해..
하염.. 없이.. 하염.. 없이.. 비가 되어.. 내게 온다..

당신 비가 내게 온다..
나에게로 내린다...

기억해 주는 것만으로도
고마운 사람.. 소중한 사랑..
– 비가 오는 날이면.. 한번쯤이라도.. 생각해줄 수 있으니...

잘 가. 모든 건 내 잘못이야..

맞아, 처음부터 당신을 아무리 미워하려 하려 했지만..

끝내 미워하지 못한 내 잘못이야..

이렇게 떠나는 당신을 이해하지만...

오직 단 하나.. 서운한 것이 있다면..

하필 비가 오는 날 떠나간 것..

단지 그것이 원망스러울 뿐...

모두 다 내 잘못이라고.. 내 탓이라고.. 말하지만..

그래도.. 당신을 미워하지 못한 죄, 그것뿐이라며...

모든 거 받아 드린다고 말했지만...

그래도.. 비 오는 날 떠나간 것..

사실 그거 알아..

당신이 잘 해줄 때마다 너무 두려웠다는 것을..

내가 당신에게 냉정한척 말해도..

네 번째 이야기 : 당신이 나에게 '봄'입니다..

그건 허세에 불과했어..

혹시 이렇게라도 당신을 밀어내면 정말 밀어 낼 수 있을까봐..
혹시 이렇게 냉정하고 차갑게 대하면.. 당신이 나를 미워할 것 같아서..
그러나 그건 모두 헛수고였어..

그것이 헛된 바보짓인줄 알았다면..
차라리 더 잘해줄 것을..
차라리 사랑한다고 더 솔직하게 말했을 것을..

그래, 내가 좀 더 당신을 다정하게 대했다면..
어쩌면 당신이 떠나지 않았을 수도 있었겠지..

하지만 사실은 모두 나의 두려움 때문이야..
내 자신의 부족함과 이별의 걱정 때문에 그렇게 냉정히 대했는데..

결국 내 그런 못난 외면으로.. 당신이 결국 떠날 줄 알았다면..
차라리 더 잘해줄 것을.. 더 잘 해주었다면 후회라도 덜 할건데...

막상 당신이 떠나고 나니.. 그런 내 자신이 더 더욱 안타까울뿐...
그래, 용기 없는 나 때문에.. 언젠가 당신이 떠날 줄 뻔히 알면서도..
그렇게 밀어내고 밀어내도 아무 소용없는 것을 알면서도..
억지로 밀어내기만 했던 나의 잘못..

그래도 그나마 다행인지도 모르지..
이렇게 비 오는 날 헤어지게 되었으니..
당신이 좋아하는 비가 오는 날 헤어지게 되었으니..
그래서 비가 올 때마다 당신을 떠올릴 수 있잖아..

비를 좋아하는 당신이니.. 이렇게 비가 오는 날이면..
그래도 나를 한 번쯤은 생각해 줄 수 있잖아..

비가 오는 날에 우리 마지막이었다는 것 때문에..
나를 기억해 줄 수 있을지도 모르니까..
비가 오는 동안만이라도..
세상의 모든 비가 끝내 사라지지 않는 동안에는..
나를 기억해 줄 수 있을테니..

당신은 세찬 소낙비 보다는 토닥거리는 다정 비가 더 좋다고 했지..
하지만 그날만큼은 앞이 보이지 않도록 세차게 쏟아지는 비도 좋다고
했어..
물론 나는 빗소리보다 당신의 그 말이 더 좋아서 그 날의 비를 좋아했
고..
그 비 풍경 보다는 당신이 더 좋아서 나도 그 비가 좋았던 것뿐이야..

그렇게 모든 것이.. 모든 기억이 되어준 사람..
그렇기에 당신은 나에게 너무 과분한 사람..

네 번째 이야기 : 당신이 나에게 '봄'입니다..

그래서.. 기억해 주는 것만으로도 나에게 소중한 사람..

그래.. 여전히 보고픈 당신..

오늘도 비가 온다.. 이미 당신이 떠나버렸는데도 비가 온다..

이젠 당신이 없는데도 비가 온다..

나는 어쩌라고.. 도대체 어쩌라고..

비가 올 때 마다.. 그리움을 알려준 당신.. 보고픔을 알려준 당신..

늘 바보처럼 서성이게 만드는 당신 때문에.. 아파지지만.. 그래도 괜찮다..

이 비를 보면 당신도 나를 생각할테니...

비가 내리는 그때만이라도..

당신도 나를 떠올릴테니..

당신이 나에게 다가온 그때처럼..

당신이 나에게 떠났을 그때처럼..

비가 올 때 마다 두렵다..

그립다.. 아프다..

당신이 떠난 그날처럼.. 비가 온다..

그래도 비 오는 날 떠난.. 당신 덕분에...

비 오는 날이면.. 한번쯤이라도..

나를 생각해줄 수 있으니..

그래도 당신 비가 고맙다..

그렇게.. 지금도..
고마운.. 비가 온다..

그렇게.. 오늘도..
그리운.. 비가 온다..

네 번째 이야기 : 당신이 나에게 '봄'입니다..

서성이는 그것조차.. 사랑이니까..
– 늘 서성이던 나이기에.. 돌아설 줄 아는 그대가 부럽다...

"서성일 줄 아는 사람.. 뒤돌아섰지만 다시 되돌아 설 줄 아는 사람.. 이 좋다.." 라고.. 누군가 말했었지..

그래, 당신도 나를 그렇게 서성일줄 아는 사람이라서..
뒷모습이 참 쓸쓸해 보이는 사람이라서..
웃고 있어도.. 늘 허전함이 묻어나는 사람이라서..
그래도 인간적인.. 그래도 참.. 마음 여린 사람이라서.. 좋아한다고... 정말 미련이 많은 사람이기에... 차마 나를 떠나지 못한다고..
했었으니까..

알아.. 나도.. 늘 당신 곁을.. 서성거렸던 사람이라는 것을..
당신에게 난 서성일 수밖에 없었어..

그 어떤 영화를 보건, 그 어떤 소설을 읽건, 그 어떤 노래를 듣건, 그 어떤 거리를 봐도..
그 속에서 당신을 떠올렸으니까.. 그 언제나 무심결에도..
내 의식의 저편에 당신이 그렇게 서 있었으니까...

함께 노래를 듣고, 함께 거리를 걸으며, 함께.. 본 영화와..

함께 읽었던 책 이야기들을 나누고 있었으니까..

어제 만났지만.. 그 밤 꿈에서 또다시 만나.. 낮에 못다한 이야기를 나누었던 당신..

그렇게 내 무의식 속에서도 함께 웃고, 함께 걷고, 함께 다정한 입맞춤을 나누었던 당신..

늘 언제 어느 장소건, 어느 순간이건.. 나와 함께 하던 당신..

그 언제나 내 삶의 전부로.. 나에게 사랑이란 의미는.. 곧.. 당신이라는 것으로..

함께 했던 당신.. 무의식속에서도 조차 그렇게 함께 했던 당신..

늘 나 조차 모르는 무의식 속에서도 함께 있던 당신이..

이제 더 이상 나와 함께 없다.

그래, 이 밤.. 그대가 부럽다.

늘 당신 곁을 서성이던 나이기에.. 돌아설 줄 아는 그대가 부럽다..

오늘도 당신은 더 이상 나의 전화를 받아주지 않았다.

아주 잠시만이라도.. 그 숨소리라도 듣고 싶었지만..

더 이상 당신은 나에게 그 신비로운 목소리를 들려주지 않았다.

아무리 그 목소리를 잊으려 해도 잊혀지지 않는 목소리..

네 번째 이야기 : 당신이 나에게 '봄'입니다..

그 무엇으로도 표현할 수 없는 신비의 목소리를 나는 더 이상 들을 수 없었다.

서성일 줄 아는 사람..

뒤돌아섰지만 다시 되돌아 설 줄 아는 사람..을 좋아했던 당신이기에..

이렇게 하염없이 서성이면.. 되돌아 봐줄지 알았지만..

당신은 더 이상 되돌아 봐주지 않았다.

이 밤.. 세상은 나에게 말하고 있었다.

"지금 네 곁엔 아무도 없다.

그렇지만 아무도 없다고 너무 슬퍼하지 마라.

그것이 인생이다. 그렇게 외로운 것이 인생이다.

네 혼자.. 이 외로움의 밤을 견뎌라."

그래도...

그래도...

이런 밤.. 그냥 전화를 받아주지 않을 수 있는 그대가 부럽다.

서성이지 않고 돌아설 수 있는 그대가 부럽다.

울지 않는 그대가...

그리워하지 않을 수 있는 그대가...

혼자 되돌아설 수 있는 그대가 부럽다...

홀로 돌아오는 밤길..

늘 그랬듯이 역시나 당신이 보고 싶어졌다..

난 늘 그랬었다. 5년.. 10년.. 전에도.. 늘 당신을 그리워했다.

그리고 늘 그랬듯 나 혼자 당신 곁을 서성였다.

이렇게 언제나 돌아서지 못하고 홀로 그리워하며 서성이는 것이 내 인생이다.

나의 사랑이다..

그리움이 더 많은 사람이.. 정이 더 많은 사람이..

더 외로워 본 사람이.. 더 먼저.. 보고 싶어 하고..

더 오래도록.. 더 많은 미련으로 사랑하는 사람 곁을 서성이지..

혹시나.. 이제는 다시 만나자고.. 그때 거기서.. 그 마음 그대로 기다리고 있으라고..

다시 되돌아온다고 말 할 거라 믿으며.. 늘 나를 기다리게 하는 당신..

이제야 말할게..

그래, 널 만나고 늘 내 혼자 그랬던 거야...

길을 걷다가, 라디오를 듣다가, 커피를 마시다, 음악을 듣다가..

단지 나 혼자 당신 얼굴을 떠올린 거야..

당신은 내 뒷모습이 참 쓸쓸해 보인다고 했지만..

사실은 당신의 사랑이 부족해서 쓸쓸 했던 거야...

당신은 내가 웃고 있어도.. 늘 허전함이 묻어나는 사람이라 했지만..

사실은 당신의 사랑이 너무 그리워서 허전 했던 거야...

언제나 내가 서성거렸던 것은..
내가 사랑하는 만큼.. 당신이 나를 사랑하지 않는 다는 것을..
이미 나도 알고 있었기에..

나는 무의식속에서 조차 당신과 함께 하고 싶었지만..
당신은 단지.. 외로울 때만 나를 찾는다는 것을 알고 있었기에 그리도 서
성거렸던 거야..

그래도 그 허전하고 서성이는 사랑을 피하지는 않았다.
원래 그렇게 그 사람에게 서성대는 거니까... 원래 그렇게 그 사람에게
그리운 거니까...
그냥 그것이 사랑이니까..

서성이는 그것조차..
사랑이니까...

그리움에 눈물이 흐르거든 그 눈물을 닦지 마라..
– 왜 당신까지 시린 새가 되어 긴긴 밤을 혼자 울고 있어..

늦은 밤 비행기에서 내려 문을 나서는 순간..
비릿하게 폐부를 찌르는 이국의 후끈한 바람을 맞아본 사람이라면 알고
있을 거다...

게다가 미리 정해놓지 않은 숙소로 인해..
낯선 땅위에 조급한 발걸음을 옮겨본 사람이라면 알거다...
얼마쯤 걷다가 문득 올려다 본 하늘에..
그래도 고국과 똑같은 달이 떠있는 모습을 본 사람이라면 알거다...

이미 매우 늦어 버린 밤...
여기저기를 헤매다가 어쩔 수 없이 들어선 허름한 식당에서..
꾸역꾸역 끼니를 해결 해본 사람이라면 알거다...

낯선 숙소에서 홀로 맥주 한병을 들고 창가에 서서..
무심히 홀짝이며 술병을 기울여 본 사람은 알거다...

떠난다는 것이 무언지... 그리움이 무언지...

그리고 내가 왜 여기 있게 되었는지에 대한 삶의 질문조차도..

사실은 홀로된 자의 서글픔일 뿐이라는 것을...

이국 땅 새벽 1시..

결국 참지 못하고.. 혼자 밤거리를 헤집다 허름한 분식집에서 입 맛 어색한 면 한 그릇을 시켰지..

사람은 가게 주인 부부와 나 혼자뿐..

늦은 새벽, 낯선 이방인이 뒷골목 작은 가게에서 우동(?)을 먹는 것이 신기해서인지..

힐끗힐끗 쳐다보다 뭐라 웃으며 소근거리는 주인 부부의 태도가 나를 더더욱 쓸쓸하게 만들었다.

어떤 특별한 이유를 말하지 않아도 역시 삶은 참으로 외로웠다.

맥주의 취기가 남은 탓인지 면을 먹으면서도 울컥, 울컥 눈물이 솟았으니 말이다.

"지금 어디 있어요?"

'무라카미 하루키'의 소설 "노르웨이 숲"의 마지막 장면에서..

오랜 방황을 하던 주인공이 사랑하는 그녀에게 전화를 걸어..

그 동안 가슴에 쌓아둔 말들을 하자 그녀는 그렇게 물었었지.

그러자 주인공은 대답대신 '나는 지금 어디 있는 것인가?'라고..

자신에게 물었지.

문득, 소설 속의 그 장면이 떠올랐다.

그러면서 그 주인공처럼 나 역시 나에게 물었다.

'새벽 2시, 난 어디 있는가.'

'나, 지금 어디야. 그래, 혼자 있다. 결국 또다시 혼자 있다.'

'그래, 난 어디 있으며 왜 그리도 당신을 그리워하는 것인가?'

낯선 곳에서의 새벽을 혼자 보내는 밤,.

외로움에 눈물이 흐르거든 그 눈물을 닦지 마라..

그냥 그렇게 흐르도록 내버려 두어라. .

그것이 인생인데 그것을 또 어쩌랴..

하지만 그렇게 외롭고 쓸쓸한 것이 삶일지라도 견뎌야 한다.

새벽 한 시, 이토록 늦은 시간에도 작고 허름한 분식집에서..

사이좋게 면발을 뽑고 있는 그 부부처럼 포기할 수 없는 사랑이 남아 있기에..

고단하고 힘든 삶이지만 그렇게 사랑하며 사는 사람들이 있기에..

그렇게 사랑하며 사는 삶은 행복할 수 있기에..

그들처럼 그렇게 사랑하며 살아갈 수 있기에..

그래서 비록 이 순간 눈물이 흐를지라도 '삶은 더 아름답다'라고 말해야 한다.

흐르는 눈물을 지금 당장 멈출 수 없을 지라도.,
비록 새벽에 혼자 먹는 그 면이 정말 맛이 없더라도,.
김치 없이 먹는 그 면이 너무나도 느끼할 지라도 억지로 참고 먹듯..
때로는 삶의 외로움을 그렇게 참고 견뎌야 한다.

그래도..
지금 이 순간, 그 사람이 보고 싶다..
이 지독한 삶의 외로움과 우울함을 이해해줄 그 사람이 보고 싶다..

독백처럼 묻는다..
'지금 어디 있나요……..'

이렇게 밤은 깊고, 새벽을 지나..
그렇게, 그렇게 내일로 가고 있다..
지금껏 그랬듯이…
언제나 그랬듯이…

그런데 정말 묻는다.. 당신 어디야..
어디서 이 밤도 그렇게 혼자 떨고 있어..
외로운 새 한마리는 나 하나면 되는데..
왜 당신까지 시린 새가 되어 긴긴 밤을 혼자 울고 있어…

바다 속까지 흐르는
강물처럼 깊은 사람..

사랑 속까지 흐르는 사랑.. 가장 깊은 곳까지 흐르는 사랑..

바다 속까지 흐르는 강물처럼.. 깊은 사람..
– 사랑 속까지 흐르는 사랑.. 가장 낮은 곳에까지 흐르는 사랑..

만약 누군가 당신이 어떤 사람이라 묻는다면..
바다 속까지 흐르는.. 진하디 진한 '강물' 같은 사람이라고 말하겠어요.

흐르고 흘러 저 바다 밑까지도 흐르는.. 저 깊은 강물처럼..
그렇게 깊고 깊은 사랑을 가진 사람..이라 말하겠어요.

긴 대지를 지나.. 바다에 이르러도.. 멈추지 않고..
바다 속에서조차.. 그냥 그대로 흐르는 강물처럼..
순수하디 순수한 사랑을 간직한 사람..

나보다 훨씬 더 깊고, 훨씬 더 진하게.. 더 아래까지..
언제나 변함없이.. 묵묵히 흐르는 그런 사랑.. 당신 사랑..

사랑 받기에 사랑 주는 사람이 아니라..
그냥 사랑주기 위해 살아가는 사람처럼..
모든 강물이 아무 이유 없이.. 그냥 바다로 흐르듯..
그렇게 그냥 사랑만으로 흐르는 사람..

다섯 번째 이야기 : 바다 속을 흐르는 강물처럼 깊은 사람..

바다 보다 더 깊이 흐르는 강물처럼..

저 마지막까지 깊은 진심으로.. 안아주는 사람..

늘 나의 편이 되어 주고.. 나를 위해주어서만이 아니라..

언제나 못난 나를 안아주고 믿어준 사람이어서만이 아니라..

바다 보다 넓은 너그러움으로.. 강물 보다 깊은 진심으로..

가슴 보다 더 깊은 사랑으로 살아가는 사람이기에..

만약.. 바다 속을 흐르는.. 강물 같은 사람이 있다면..

바로 당신일거라고.. 단번에 떠올릴 수 있게 만들어준 사람..

그렇다고 무겁지만은 않고..

투명한 강물 위 반짝이는 물결 비늘처럼 잔잔한 눈빛을 가진 사람..

그렇다고 어둡지만은 않고..

때론 강물을 간지럽게 놀리는 물바람처럼 귀여운 미소를 가진 사람..

그렇다고 진하지만은 않고..

잔잔한 강물 쓸쓸할 때면 찰랑이는 물보라로 부드럽게 말 나눌지도 아

는 사람..

강변의 나무와 풀빛들의 이야기들을 작은 속삭임으로 전해주는 사람..

노을 빛 내리는 저녁에는 분홍빛 노래를 내 귀에 들려줄지도 아는 사

람..

가끔 밤이면 달빛 담은 수줍은 얼굴로 사랑한다고 살그머니 속삭여주는
사람..

그렇게 푸르지만 맑고.. 맑지만 푸른..

차마 그 무엇 그 어떤 하나의 색만으로 표현할 수 없는..

그런 신비함으로.. 은은한 아름다움이 무언지를 알게 해주는 사람..

그래서 어느덧 더 진한 삶의 순간에 바다처럼 깊은 삶의 순간에..

바다 보다 더 깊은.. 바다 보다 더 진한.. 사랑으로 안아주는 사람..

그렇게 바다 밑까지 흐르는.. 강물 같은 사람..

그렇게 사랑 속까지 흐르는 사랑..

내 마음 가장 부족한 곳까지 흐르는 사랑..

내 마음 가장 낮은 곳에서 조차도..

멈추지 않는.. 그런 사랑..

그런 사랑..을 가진 사람..

바로 당신..

다섯 번째 이야기 : 바다 속을 흐르는 강물처럼 깊은 사람..

'못난 나무' 같은 사람.. '착한 나무' 같은 사랑..
– 낮은 꽃들을, 철없는 벌레들을, 여린 풀들을.. 안아주는 사람..

당신은 '나무' 같은 사람..

그 중에서도 '못난 나무' 같은 사람..

남들이 멋진 자태 덕분에..

웅장한 대문이 되고.. 당당한 대들보가 되고.. 아름다운 장롱이 되었을

때..

못난 그 모습 때문에..

흔한 절구가 되고.. 낮은 의자가 되고.. 작은 목탁이 되어준 사람..

세상 그 어떤 나무도 사연 없는 나무가 없고..

세상 그 어떤 나무도 소중하지 않은 나무가 없지만..

하필 못생긴 나무로 태어나..

저기 응달진 곳에서 혼자 더디게 자란 '못난 나무'..

햇빛 고운 양지에서 잘 자란 그 나무가..

다 자라기도 전에 이미 정원수로 떠났지만..

당신은 봄이 다 오도록 겨울눈이 녹지 않아..

시린 몸을 떨며 혼자 고개 숙이고 있었지..

햇빛 좋은 그 자리에서 멋지게 잘 자라는 나무들 때문에..
부러워질 때도 있었고.. 초라해질 때도 있었지만..

하지만 그런 차이들은 아무런 이유도.. 변명도 되지 못하고..
당신은 단지 '못난 나무'였었지..
그 어디에 쓰기에도 부족한 '못난 나무'..
그냥 '못난 나무'였을 뿐이지..

그러나 이미 알고 있습니다..
'못난 나무'로 자란다는 것이 얼마나 아프다는 것을..
오죽하면 그렇게 곧게 쭉 뻗지 못하고..
아프게.. 못나게.. 휘어져 자랐는지..

음지에서.. 메마른 땅에서..
그래도 햇빛조금 더 받고.. 목마름 축이려..
그리고 애타게 몸부림 치다보니..
햇빛 찾아, 물빛 찾아.. 헤매다 그렇게 휘어졌다는 것을..
그래서 결국 못난 나무가 되었다는 것을..

그래요, 또 이미 알고 있습니다..
누구나 멋진 나무로 태어나서 자기 자태를 뽐내고 싶다는 것을..

다섯 번째 이야기 : 바다 속을 흐르는 강물처럼 깊은 사람..

누구나 멋진 나무로 태어나야 먼저 데려가고.. 더 좋아 한다는 것을..

세상을 살아간 수천억 그루의 나무들..
운명처럼 잘난 나무, 못난 나무 함께 자라..
결국 모두 다 같은 나무이고.. 더불어 숲을 이루지만..
서로의 운명이 너무도 다르다는 것을..

그래도 믿습니다..
당신은 비록 저기 외로운 한그루이지만..
그래도 당신은 햇빛을 받건 말건.. 물길이 좋건 말건..
키 작은 꽃들을, 철없는 벌레들을, 여린 풀들을.. 안아주는 사람..
그 속에서 웃을 줄 알고.. 그 속에서 함께함을 행복해 하는 사람..

그렇게 '못난 나무'로 살면서도.. 늘 묵묵히 열심히 살아가는 사람..
그런 '착한 나무' 같은 당신이기에..

비록 자그마한 파랑새로 살아가지만..
그래서 당신이 좋습니다..
그래도 당신이 좋습니다..

'해바라기' 그 환한 얼굴로.. 남들을 위로해주지만..
– 자신이 만든 그늘로.. 자기의 그늘을 숨기고 있는 '해바라기'..

해바라기는 언제나 웃는다.
태양빛 아래 온종일 서있어도.. 얼굴 한 번 찡그리지 않고 환히 웃는다.
한여름 햇볕을 온몸으로 맞아도.. 오직 한 곳만 바라보면서..
그래도 항상 변함없이 밝게 웃는다.

당신도 언제나 그렇게 해바라기처럼 환하게 웃는다.
뜨거운 날도.. 목 마른 때도.. 언제나 활짝 웃는다.
그래서 해바라기 같은 당신도 언제나 환함이고 밝음이다.

그렇게 누군가의 그늘로 휴식이 되어주는 해바라기 당신..
언제나 밝은 모습으로 세상과 당당히 맞서는 모습으로..
위로가 되고.. 용기가 되어주는 해바라기 당신..

그런 어느 날 장맛비 아래선 해바라기를 보았다.
소낙비가 올 때도 잠시 비가 개인 순간에도 여전히 웃고 있었다.

그랬다. 그때까지는 모르고 있었다.

비가 오는 날에도.. 해바라기는 맨얼굴로 웃고 있었지만..

그 웃음 속에서 사실은 몰래 울음을 감추고 있었다는 것을...

그래서 비가 오는 날.. 그 빗물에 울음을 흘려보낸다는 것을...

해바라기처럼 밝은 미소.. 환한 웃음으로..

사람들에게 희망과 사랑을 전해주지만..

사실은 해바라기도 남 몰래 혼자 우는 날이 있다는 것을...

그런 해바라기를 통해 이제야 알았다.

해바라기를 닮은 당신도 그랬을 것임을..

해바라기처럼 환하게 웃고 있었지만..

해바라기처럼 남몰래 울 때도 있었음을..

그래서 해바라기처럼 위로와 휴식과 희망이 되어 주었음을...

마치 비개인 다음날의 해바라기가 더 밝고 환하듯..

사실은 홀로 울은 다음 날이면 아무런 내색 없이..

더 환한 웃음으로 행복을 나누어 주는.. 그런 해바라기 같은..

사람이었음을 비가 온 후에야 알았다.

오늘도 해바라기는 그 뜨거운 태양아래서도..

언제나 그랬듯.. 그 환한 얼굴로.. 남들을 위로해주지만..

자신이 만든 그늘로.. 자기의 그늘을 숨기며.. 참고 있다.

당신도 해바라기처럼 언제나 밝게 활짝 웃는다.

하지만 이제는 안다.

환한 웃음을 가진 당신이 왜 그리 아름다웠는지를..

그 밝은 아름다움이 무엇 때문이었고..

어떤 의미까지도 담고 있는지를...

마치 영 글은 해바라기 씨가 그리도 촘촘하고 알차게..

한여름의 태양을 온 몸으로 담아내고 있듯..

그 웃음도 그런 의미를 담고 있다는 것을...

하지만 그래도 단지 해바라기 웃음만으로도..

그냥 그렇게.. 수수하게 웃는 그것만으로도..

'해바라기' 같은 그 사람이 좋다..

다섯 번째 이야기 : 바다 속을 흐르는 강물처럼 깊은 사람..

당신이 결코 '착한 사랑'을
포기하지 않는 것을 알기에..
– 이루어 주어야할 행복이 남아 있음을.. 포기하지는 않는다..

당신은 순수하다 못해 천진난만한 미소를 갖고 있는 당신..

그렇게 해맑은 당신의 힘든 모습을 볼 때 마다..

그런 힘겨움이 바로 부족한 내 탓임을 알기에..

차라리 당신이 '나쁜 여자' 였으면 좋겠어..

당신은 너무 '착한 여자'야.. 그래서 싫어.. 그래서 더 미안해..

그렇게 '착한 당신'을 힘들게 하는 사람이.. 바로 나라는 것을 알기에..

나를 만나지 않았다면.. 더 행복할 당신이란 것을 알면서도..

당신을 행복하게도.. 그렇다고 편안하게도 해주지도 못하는.. 못난 남자
이기에..

차라리 당신이 '나쁜 여자'였으면 좋겠어..

하필이면 나 같은 못난 남자를 왜 만나서...

이렇게 부족한 남자를 왜 선택해서..

세상 그 누구보다 착한 당신이 힘들게 사는 건지..

그래서 착한 당신을 볼 때 마다 너무 미안해..

그러니 차라리 나를 미워해..

당신에게 조금 더 잘 할 수는 있지만.. 더 잘하면 잘할수록..

나를 미워할 수 없으니... 오히려 당신이 더 힘들어지잖아..

늘 나에게 '나는 괜찮아'.. 라고 말하는 당신..

그러니까.. '나 때문에 아파하지 말라고..' 말하는 당신..

아무리 당신은 괜찮다고 말해도.. 그로인해 내가 더 미안해..

나 때문에.. 나를 위해.. 일부러 고개 숙이지 말라고 말하는 당신 때문에..

미안해하지도 말고.. 서글퍼 하지 말라고 하는.. 당신 때문에..

오히려 내가 더 미안하고.. 더 아파져..

비록 사랑 때문에 아플지라도..

사랑해야할 때.. 사랑하지 않은 것이.. 더 큰 후회라고 말했지만..

설령.. 사랑 때문에 아프고 힘들지라도..

그냥 사랑하고 싶은 만큼 사랑하는 것뿐이...라고..

그런 사랑조차도 나의 선택이라고 당신은 말하지만..

그래도 당신을 보면.. 안쓰럽고.. 미안한 건 어쩔 수 없구나..

다섯 번째 이야기 : 바다 속을 흐르는 강물처럼 깊은 사람..

내가 무심하다고 서운해 하는 것이 아니라..

오히려 그런 내가 세상살이에 그 어떤 힘든 일이 있었을까봐..

그 힘든 목소리를 더 걱정해 주는 그 누구보다 착한 당신..

그렇기에 당신을 좋아하지 않으려 해도..

도무지 좋아하지 않을 수 없는 사람이기에..

차라리 당신이 '나쁜 여자'였으면 좋겠어...

여전히 이기적이게도.. 내가 덜 아플까봐..

차라리 당신이 그런 '나쁜 여자'면..

그런 당신을 좋아하는 내가 덜 아플까봐..

이래서 언제나 나쁜 남자는 '나'인거야..

이런 '나쁜 남자'를 좋아해주는 당신은 언제나 '착한 여자'이고..

남들이 사랑하는 사람을 자기 울타리에 가두려 할 때..

당신은 사랑하는 사람이 더 높게 날아오르길 진심으로 위해준 사람..

남들이 사랑하는 사람에게서 위로 받으려 할 때..

오히려 당신은 사랑하는 사람을 위로해주며.. 더 안아주었던 사람..

간혹 '힘들지'라고 위로하면..

언제나 '나는 괜찮은데.. 당신이 더 힘든 것 아니야'라며..

항상 못난 내 걱정을 먼저 해주는.. 바보처럼 착한 당신..

그래, 당신은.. 화려하고 멋지게 살아감도.. 부러워하지 않고..
높이 나는 것도.. 멀리 나는 것도.. 부러워하지 않는다.. 했었지..

단지 나와 함께 작은 둥지를 짓고.. 그 속에서 평화롭게 살아갈 수 있음
만으로도..
그것만으로도 만족한다고.. 그것만으로도 행복할 수도 있다고 했었지
만..
그런 작은 행복조차도.. 제대로 지켜주지 못하는 못난 남자..

그런 착한 당신 때문에.. 더 미안하고.. 더 죄스러운 '나'이기에..
그냥 단지 덜 미안하고 싶은.. 이기적인 마음을 가진 나쁜 남자..

그게 바로 나인 것이 싫다.. 그렇게 착한 당신을 힘들게 하는..
못난 내가.. 나쁜 내가.. 아프도록 싫다..

내가 나쁜 사람이 아니라.. 네가 나쁜 사람이었어야 맞는데..
너에게 나만이 나쁜 사람이 되는 내 자신이 밉다..

아직도 여전히 그 무엇도 이루어주지 못하고..
그 무엇으로도 행복하게 만들어주지 못한 사람이기에..
오늘도 너로 인해 아프고.. 너로 인해 슬프지만..

너와 함께하는 시간만큼은.. 언제나 행복하기에...

176

나로 인해.. 네가 힘든 것을 이미 알고 있지만..

나는 여전히 못난 남자.. 나쁜 남자.. 로 네 곁에 있다..

그러나 당신이 결코 착한 여자임을 포기하지 않는 것을 알기에..

또한 굳이 그것 때문임이 아니라.. 나의 당연한 책무이기에..

나 역시 아직도 포기하지는 않는다.

반드시 당신에게 이루어 주어야할 행복이 남아 있음을..

그래서 아직도 포기하지 않는다.

당신이 행복해질 그 때가 그리 멀지 않았다는 그 믿음을...

처음부터 그랬듯..
여전히 예쁜 '꽃'으로 남아 있다고..
- 왜 그토록 좋아했는지.. 이제서야 그 마음을 알게 되었습니다..

그래, 우리 그만 헤어져.. 라고 말 한 적은 없었지요..

말 그대로 말없이 떠났으니까.. 아무런 말없이 점점 멀어져 버렸으니까요..

마치 '떠날 때는 말없이'라는 노래가사처럼.. 우리도 그렇게 멀어졌어요..

하긴 그럴 만도 했어요.. 나는 늘 무관심한척 했으니까요..

비록 그렇게 돌아서 버렸을지라도..

당신에 대한 기억은.. 사랑의 상처가 아니라.. 아름다운 추억으로 남아 있어요..

서랍 속에 숨겨진 빛바랜 사진이 아니라.. 책상 위에 놓여져..

문득이 쳐다보는 예쁜 액자안의 사진으로 남아 있어요..

오래된 책 더미에 먼지 쌓인 책이 아니라..

책장에 올려져 간혹 펼쳐 읽게 되는 잊혀지지 않는 시집처럼 남아있어요..

이제는 제목도 흐릿한 흘러간 노래가 아니라..

다섯 번째 이야기 : 바다 속을 흐르는 강물처럼 깊은 사람..

여전히 지금도 찾아서 듣게 되는 잊지 못할 노래처럼 남아 있어요..

왜 그렇게 잊지 않고 기억하느냐고요?
그래도 덕분에 그 힘들었던 계절을 견뎌낼 수 있었으니까..
정말 외롭고 힘들 때 함께 해주었으니까..
그래, 그러면 된거지.. 그것만으로도 된거지..
그것으로도 고마운거지...

그것만으로도 당신은 할만큼 했어요..
그래서 여전히 고마워요.. 그것만으로도 고마워요..
그렇기에 당신이 떠나가도 이해할 수 있어요..
누구든 그럴 것 같아요..

하긴 모두 내 탓이지요..
무심한 내 탓.. 자주 찾아보지 않았던 내 탓..
사랑 받기만하고.. 사랑을 표현할 줄 몰랐던 내 탓..
뭐 그리 특별한 사람이라고 그리도 무심 했는지..

변명이라도 해야겠지만.. 내 변명만으로 이해해줄지 모르겠네요..
그래도 한마디만 전한다면.. 단지 내 상황이 그럴 수밖에 없었어요..
단지 그 이유뿐입니다... 교만해서도 건방져서도 아닙니다..
단지 거기까지가 나의 한계였어요..

억지로까지 매달리지는 않겠어요..
어쩌면 그것이 당신에 대한 나의 최소한의 배려일 수도 있으니까..

하지만 돌아와 달라고 말하고 싶기는 합니다.
그렇지만.. 다시 돌아와 달라고 말하고 싶어도..
차마 돌아와 달라고 말할 수는 없어요..
여전히 바뀔 자신이 없으니까..
이미 그렇게 굳어져 버렸으니까..

이제 내가 먼저 다가가고 싶지만 갈 수가 없어요..
그냥 참는 거예요.. 그럴 수밖에 없는 거예요..
단지 이런 상황, 이런 마음도 있다는 것 알아주면 고맙겠어요..

이제는 멀어져 간 당신에게.. 비록 최선을 다 하지는 못했지만..
그래도 이제 말할 수 있어요..

분명 당신은 좋았던 사람이라고.. 당신을 기억한다고..
당신의 너그러움과 공감과 감성이 결코 헛되지 않았다고..

좋은 사랑의 마음이란.. 어떤 영화나 음악, 드라마의 그 어떤 장면을 볼
때마다..
그 사람 생각이 나는 것이라고 흔히 말하잖아요..

다섯 번째 이야기 : 바다 속을 흐르는 강물처럼 깊은 사람..

맞아요, 당신도 그렇게 좋은 기억.. 잊혀지지 않는 기억으로 남아 있어요..

비로소 당신이 왜 그 노래를 그토록 좋아했고.. 그 구절을.. 그 그림을.. 그 느낌을..

그토록 좋아했는지.. 이제 나도 그 마음을 느낍니다..

당신이 외롭게 떠났음을 이제는 알기에..

비록 나를 떠났지만.. 점점 멀리 떠나가고 있지만..

그러나 당신을 이해할 수 있습니다.

당신을 붙잡지 못하는 내가 바보라고 말할 수도 있지만..

바보라서 붙잡지 않는 것이 아니라.. 붙잡을 자격이 없는 사람이기에..

당신을 붙잡지 못하는 것입니다.

그래.. 그대 잘 가라.. 그대.. 잘 가라..

그래도 당신 잘 살아가는 모습 보니.. 그것으로도 괜찮다고..

그러니 언제나 그렇게 늘 행복하고 아름답게 살아가시길...

한때는 외로움을 함께 나누었던 당신과 나이지만..

서로가 얼마나 외로웠는지를 이제는 어느 정도 알기에..

떠나감을 원망하기 보다는.. 함께했던 순간만을.. 고맙게 기억한다고..

고마운 마음으로 기억한다고.. 꼭 그 말을 전하고 싶다고..

착한 당신.. 예쁜 당신.. 고운 당신에게 내 마음을 전합니다.
떠난 후에도.. 당신은 여전히 예쁜 '꽃'으로 남아 있다고...

삶이란 사람에게서 상처 받고.. 사람에게서 위로 받고..
떠난 사람 때문에 아프지만. 새로운 사람 덕분에 위로 받고..
그렇게 견뎌가는 거라고 흔히 말하듯이..
우리 예전에 그렇게 서로를 위로해 주었듯이..
또 누군가와 함께 위로받고 위로해주며 잘 살아가라고..

하지만 분명히 기억한다고..
지난 시절.. 긴긴 밤을 새며 즐겁게 이야기 했던 그 시간을..
아주 소중히 기억한다고.. 언제나 기억한다고..

세상의 기억이 사라지지 않는 한.. 그 계절을 함께한 당신은..
나에게 그 언제나 꽃이라고.. 잊혀지지 않는 꽃이라고..
비록 멀어져 갔을지라도 여전히 남아있는 꽃이라고..

떠난 후에도.. 여전히 예쁜 '꽃'이라고...

다섯 번째 이야기 : 바다 속을 흐르는 강물처럼 깊은 사람..

사랑을 참았던 그 남녀의.. 사랑, 이별, 재회, 그리고...
- 사랑?? 사랑!! 사랑.. 과연.. 어떤 사랑을 하고 있는 것일까...

그래, 그 남자는 마지막으로 그녀에게 통화 버튼을 눌렀다.

"이제 다 끝났으니.. 한번만 만나면 안 돼?"

"그렇게 젊고 예쁜 여자 좋다고 떠나 놓고 이제 와서 왜 그래?

"사랑은 아니야.. 사랑 한건 오직 당신뿐이야..."

"그게 말이 돼? 그리고 지금 와서 그게 무슨 소용이야."

"지금 이런 순간이니 이런 말을 하지.. 미안해. 제발 한번만 만나줘."

TV에서는 흘러간 옛 노래인 '올드랭사인 Auld Lang Syne'이 쓸쓸히 울려 퍼지고 있었다.

"나에게만 상처 줬으면 됐지.. 새로 만난 그 여자에게까지도 상처를 줘 야해?"

"그 여자는 상처 받지 않아..."

"안 받긴 뭘 안 받아.. 너는 남자니까 안 받지.. 여자는 받는다고.."

"정말 안 받는다니까.. 그 여자가 상처 안 받는다면 만나줄 수 있어? 제 발 부탁해. 이제 다 끝났어.."

그의 애원에도 불구하고 그녀는 여전히 차가웠다.

"나도 상처 받았기에.. 나 같은 아픔을 다른 여자에게도 느끼게 하고 싶지 않아.."

"넌 늘 내 맘을 모르고.. 나를 안 믿어.. 그 여자 상처 안 받으니 믿어 달라고!!!"

"믿긴 뭘 믿어.. 다른 여자 좋다고 떠난 너를 어떻게 믿어!!"

"너도 연예인 닮은 그놈 만나서 떠났잖아!!"

"야, 네가 무얼 안다고 떠들어.. 전화 끊어.."

그렇게 어이없이.. 통화는 끝났다..

그랬다.. 그가 그녀를 떠나 보내준 것은..

더 이상 자기를 바라보는 그녀의 눈빛이.. 더 이상 사랑하는 눈빛이 아니었기에..

그녀를 보내준 것이었다..

그녀의 그런 쓸쓸한 눈빛을 보며 그는 너무 슬펐다.

더 이상 자기를 사랑하지 않는 그녀의 눈빛을 보면서 너무도 슬펐다..

그래서 그냥 아무 조건 없이 보내주기로 했었다..

하지만.. 그래도.. 헤어져 생각해보니.. 그녀가 고마웠다..

정말 나를 위해주었고,. 진심으로 사랑해주었으니..

그렇게 떠나간 것조차도.. 어찌 보면 나를 자유롭게 살게 해주기 위해서

다섯 번째 이야기 : 바다 속을 흐르는 강물처럼 깊은 사람..

였으니..

비록.. 그녀가 자기와 헤어진 후 연예인 닮은 남자를 만나기는 했지만..
그래도.. 그가 그녀를 사랑한 건 진심이었다..

그래서.. 도저히 그녀를 잊지 못해.. 그녀와 헤어지고도..
다시 만난 여자도.. 사실은 그녀와 가장 닮은 여자를 선택했다..

하지만 도무지 정이 들지 않았다.
뭐든지 알아서 집안 살림도 척척 했고..
오직 나를 중심으로 원하는 것을 다 해주었고.,.
미모도 대단 했다.

하지만 단지 거기까지였다.
함께 공유할 추억도 없었고..
싸우고 미워하면서도 정드는 그 무언가가 없었다.

고분고분 말을 잘 들어주는 건 사실이지만..
단지 그뿐.. 이상하게 마음에 썩 들지도 않았다.

주위 선배들도 말했었다.
남녀간에는 그래도 사람과 사람의 온기가 중요하고..
사랑은 마음이라고.. 마음이 통하는 무언가가 있어야 한다고..

그래서 사랑은 편안함이나.. 능력만이 중요한 것이 아니라..
사람과 사람간의 그 이상의 무언가가 있어야 한다고,,

하지만 그는 여자는 그냥 다 똑 같겠지 하고 생각했고..
단지 내가 원하는 데로 해주길 바랐고..
그저 말 잘 듣는 그녀를 원했고 선택했다.

그러나 그렇게 살다보니..
영혼 없는 사랑, 서로의 필요에 의한 만남은..
편리함과.. 육체적 욕망은 어느 정도 채워주었지만..
마음의 허전함은 여전히 채워지지 않았다.

결국 그는 결심 했다.
더 이상 지금 함께 살고 있는 그녀는 아닌 것 같다..
비록 외로워도 혼자 견뎌가기로 하고..
헤어지기로 결심 했다.

역시나 늘 말 잘 듣는 그녀답게..
아무 이의 없이 이별 통보를 받아 줬다.

하긴 그녀의 매력은 그 무엇도 거부하지 않는 것이었으니...
늘 단지 그의 능력과 선택에 따랐을 뿐이니까..

다섯 번째 이야기 : 바다 속을 흐르는 강물처럼 깊은 사람..

'결별신고'를 하러 같이 관공서를 가면서도 그녀는 담담했다.
오히려 살짝 편한 미소를 지으며 마지막까지도 그의 기분을 맞춰 주었
다.

당연 했다. 그녀는 언제나 그런 여자였으니까..
단지 내가 원하는 데로.. 나에게 비유를 맞추고,
내 기분을 최우선으로 맞추게.. 준비된 상태였으니까..

그녀와의 '결별신고'를 마치고 돌아서는 순간이었다.
그토록 그가 한번만 만나자고 애원했던 그녀가 뒤에 있었다.
물론.. 연예인 닮은 그 남자와 함께..

"도대체 어쩐 일이야.. 너도.. 이런 것이었어?? 왜 여기 온 건데..!!"
".........."

"이, 바보야!! 말 좀 해 봐.. 너도 이런 것이었냐고... 그렇게 힘들고 외로
웠으면 말을 하지... 왜 말을 안했어..!!!"
"그럼, 자기는 뭐야.. 자기도 결국 이런 거였잖아.. 이렇게 외롭게 살면서
왜 나에게 헤어지자 했는데.."

"난 단지 너 행복하라고.. 너라도 행복하라고.. 난 이렇게 평생 너 그리워
하며 살아갈 거니까 너라도 행복하라고.."

"그래서 만난 여자 것이 겨우 '사이보그'야.. 난 자기가 진짜 좋은 여자 만나줄 알고.. 나 같지 않고.. 말 잘 듣는 여자 만나 편하게 살라고.. 이제 당신도 당신 원하는 데로.. 자유롭게 살라고 보내줬더니.. 겨우 '사이보그' 만나거야.."

"그럼, 너는 그렇게 잘난 여자가.. 결국 사이보그 만났냐? 그래, 결국 네 이상형 만났네.. 한류스타 닮은 'Z' 최신 버전 만났네.."
"내가 자기를 어떻게 떠나.. 혹시라도 자기에게 질투심을 주면.. 자기가 나를 다시 찾을까봐.. 얘랑 같이 다닌 거지.."

"나도 그래서 저 여자 만났을 거라는 생각을 왜 못해.. '사이보그' 만나는지 정말 몰랐어?"

미안해.. 내가 잘못했어.. 늘 네 생각뿐이었어...
그래도 언제나 당신이야.. 너 뿐이야..
우리 다시 시작하자..

누가 먼저라고 할 것 없이.. 두 남녀는 부둥켜안고.. 부끄러운 줄도 모르고..
'사이보그 등록신청 검사소' 앞에서.. 감격의 눈물을 흘렸다.
문 옆에서 그들의 눈물을 보던.. '알파고_12'는 박수를 쳤다.

2057년.. 사랑을 참았던 그 남녀는..

188

그렇게 다시 사랑을 시작하게 되었다..

사랑?? 사랑!! 사랑..
과연.. 어떤 사랑을 하고 있는 것일까..

하루만이라도.. 그래야만하지만..
그러지 못하는 이유..
– 일요일지라도 사랑은 쉬지 않는다.. 사랑에 일요일은 없다..

#1.

인생을 살며 봤던.. 가장 평화롭던 풍경은 아침 햇살이 너무도 눈부신 시골마을의 일요일 오전.

오래된 성당의 나무탑 위에서 은은히 들려오던 종소리와 마당을 한가롭게 거닐던 닭들..

그리고 한쪽 구석에 졸고 있던 강아지의 모습은..

툇마루 끝에 앉아있던 소년에게도 얼마나 평화롭던지..

#2.

일요일만이라도 한적해야 하는데, 일요일만이라도 편안해야 하는데..

일요일만이라도 자유스러워야 하는데, 일요일만이라도 평화로워야 하는데..

일요일만이라도 쉬어야만 하는데, 일요일만이라도 그냥 잠들어야 하는데..

그런데.. 오늘도 여전히.. 이렇게... 이러고 있다..

다섯 번째 이야기 : 바다 속을 흐르는 강물처럼 깊은 사람..

3

길들여진다는 것은 정말 무섭다.

군대시절, 일요일에는 꼭 라면을 배식해 주었었다.

이제 제대한지 이십년이 지났는데도 일요일이면 라면을 먹는다.

마치 파브르의 실험 개에 무조건 반사처럼...

세상 사람들의 부와 권력에 대한 맹종이나 추종도 그런 경우라지만...

도대체 일요일에도 쉬지 못하고.. 이렇게 이러는 이유는 뭘까..

오랜 수행을 하신 스님이 길바닥에서 반짝이는 100원짜리 동전을 주웠다고 한다.

그런데 막상 줍고 보니 병뚜껑이었다는 것이다.

그 순간 병뚜껑이 '스님이 돈에 눈이 멀었구만' 하고 조롱하는 것 같아..

물욕에서 벗어나지 못한 자신이 부끄러워 혹독한 단식참회를 했다고 한다.

그만큼 깨닫는 것보다 실천하기가 어렵다는 것이다.

지금 내 자신도 그렇다.

그렇게 순리대로 살자고 다짐했건만..

이렇게 마음이 흔들리는 것을 보면..

그동안의 인생 공부가 '도로아미타불'까지는 아니더라도 인생 수련 아직 멀은 것은 확실한 거다.

그래, 당신 탓이다..

나를 일요일의 휴식에 편히 쉬게 하지 못하게 만들고..

가장 편안해야할 일요일에도 멈추지 않게 만든 것은 바로 당신..

바로 당신이다..

그렇다.

이제 인정하자. 사랑 맞다.. 이것은 사랑이다.. 이것이 사랑이다..

더 그리움이 많은 사람이, 더 정 많은 사람이, 더 사랑하는 사람이..

먼저 보고 싶다 말하고, 만나자고 손 내미는 것이기에..

역시나 먼저 '사랑한다'고 말한다. '사랑한다'고 말했으면서도 또 말한다.

까짓것 누가 먼저고.. 말하고 또 말하면 어떤가..

사랑해서 행복하면 그만이고.. 함께해서 즐거우면 그만이지..

일요일지라도 사랑은 쉬지 않는다..

일요일이라도 사랑은 멈춰지지 않는다..

그래서 사랑에 일요일은 없다..

다섯 번째 이야기 : 바다 속을 흐르는 강물처럼 깊은 사람..

당신의 삶을 훔친 나를.. 용서 하소서...
− 그래도 당신을 위해.. 당신 활짝 웃는 그날 위해 살아간다고..

당신의 삶을 훔친 나를 용서 하소서... 이것 밖에 안 되는 나를.. 용서 하
소서..
그래도 당신이니까.. 그래도 이 못난 나를 사랑해 주었던 당신이니까..
비록 아프고 힘겨울지라도.. 나를 용서해주소서..

무명화가 '고흐'의 고백처럼.. 내 영혼을 팔아서라도.. 당신을 행복하게
해주고 싶었지만..
이런 못난 영혼 따위는,. 사주는 사람조차 없기에.. 그저.. 당신에게 용서
를 빕니다.

반드시 행복하게 해주겠다는 약속으로..
긴 세월.. 이 악물고 최선을 다했지만..
결국 많은 돈도 벌지 못했고.. 높은 자리에도 오르지 못했고..
약속을 지키지도.. 꿈을 이루지도.. 성공을 이루지도 못했습니다.
이런 초라한 모습으로 그저 당신에게 용서를 빕니다..

속은 타지만.. 가슴은 쓰라리지만.. 비록 부끄럽지만.. 초라하지만..

그래도.. 단지 단 하나.. 이 못난 사람을 믿어주었던 당신...

그동안 은덕을 쌓지도 못하고.. 마음을 비우지도 못하고..
삶에 완숙을 이루기는커녕.. 여전히 욕망으로 추잡하게 매달리지만..
겨우.. 이만큼.. 살아감에.. 그 모습을 지켜보는 것이 힘겨웠던 당신..

그토록 긴 세월 발버둥 쳤지만..
그냥 이만큼의 능력으로 이렇게만 살고 있기에..
바보처럼.. 아직은 기회가 남았다고 믿고 있지만..

이제는 그런 미련조차 버려야 하건만..
차마 당신에게 그 말은 하지 못하고.. 그저 용서를 빕니다.

더 이상 되돌릴 수 없기에..
여기까지 이미 와버린 나에게..
그나마 남은 단 하나.. 오직 단 하나..
겨우 착한 그 마음 하나뿐인데..

이런 나를 용서 하소서.. 못난 나를 용서 하소서...
더 일찍.. 솔직하게 못났음을 말하지 못했음을.. 용서 하소서..
그냥 여기까지 밖에.. 이만큼 밖에 안 되는데..
아닌 척 했던.. 철없는 이 사람을 용서 하소서..

다섯 번째 이야기 : 바다 속을 흐르는 강물처럼 깊은 사람..

그래요.. 당신은 이런 말 싫어 하지만..

그래도.. 당신의 삶을 훔친 나를 용서 하소서..

당신의 삶을 초라하게 만들고.. 힘들게 만든..

이 못난 나를 용서하소서..

조금 더 있으면 성공 할 것이란 말 보다..

좀 더 기다려 달라는 말 보다는..

힘들게 해서 너무 미안하다는 말 보다는..

그냥 용서해달라는 말 밖에..

그저 고맙다는 말 밖에.. 할 수 없습니다..

그래도 당신..이라는 말 밖에.. 할 수가 없습니다.

하지만.. 끝내 다하지 못하는 말은..

이 못난 사람이지만.. 그래도 당신 덕분에..

이 아픈 사람이지만.. 그래도 당신 때문에..

끝끝내 당신 활짝 웃는 그날을 위해 건너 간다고..

남들은 사랑하는 사람을 위해 떠난다고 말하지만..

나는 차마 당신을 위해 떠나지 않는다고.. 끝내 떠나지 못한다고..

그래도 우리 삶의 모든 것이었으니...

내일 비록 세상에 종말이 올지라도..

오직 내 인생에 단하나.. 미안하고 죄지은 것은.. 그 사랑뿐이기에..
단지 당신에게는 죄인인 나이기에.. 힘들고 아프게 한 죄인이기에...
결국 떠나지 못하고 당신의 용서를 빕니다.

신이시여.. 용서 하소서..
내가 힘들게 했던 그 사람을..
나를 사랑 했던 그 사람을..
그 사람은 더 이상 힘들게 살아야할 사람이 아닙니다..
벌 받아서도 안 되고.. 아프고 힘들어도.. 안 되는 사람입니다.
절대 그래서는 안 됩니다.

이미 저 이렇게 벌 받고 있습니다.
저 하나로도 됩니다. 저만 힘들면 되잖아요..
제발 그 사람을 힘들게 하지 마세요..
나를 사랑한 죄 밖에 없으니까..

신이시여.. 이제 그만...
내 인생의 그 사람을... 제발.. 행복 하게 하소서...
그래도.. 나쁘게 살지 않은.. 나이기에..
비록 이정도 밖에 못되는 나이지만..
그래도.. 용서해 주소서...

이제 그만.. 제발.. 그 착한 그 사람을...

다섯 번째 이야기 : 바다 속을 흐르는 강물처럼 깊은 사람..

행복하게 해주소서...

그래도 그 사람을 위해서..
사랑하는 그 사람이 활짝 웃는 그날을 위해 살아가는 나를 위해..
나를 믿고.. 나만 바라보며.. 힘든 삶 견뎌가는 그 사람을 위해..

반드시.. 행복하게 해주소서...

여섯 번째 이야기

'착한' 당신을 위한 위로와 응원..

이미 좋은 사람이기에 지금 그대로도 좋습니다.. 이제는 그래도 됩니다..

'뛰어난 능력자' 보다..
'착한 사람' 그 사람이 더 좋더라..
– 거창한 사람보다는.. 단지 '측은지심'을 가진 그 사람을 믿는다..

당신은 어떤 사람을 좋아하고, 어떤 이념을 지지하고, 어떤 종교를 갖고 있느냐고... 사람들이 물을 때면 이렇게 대답합니다.

"그 어떤 이념이나 철학, 종교 같은 거창한 것들보다.. 단지 단순하게 '측은지심'을 가진 사람을 믿습니다."

'인간 그 자체에 대한 연민'도 세상 그 어떤 위대한 사상이나 교리 못지않게 소중한 가치이고..
따져보면 사람들을 더 행복하게 만든 것은 그 어떤 대단한 사상이나 능력 보다 오히려 '측은지심'의 착한 마음이 오히려 더 실질적으로 더 많은 도움과 행복을 주었다고 생각하기 때문입니다.

"아무리 강한 국가라도 하층민의 삶은 식민 지배를 받는 국가의 하층민의 삶과 별반 다르지 않다."
베트남 건국의 아버지 '호치민'이 젊은 시절 프랑스와 미국에서 유학하며 느낀 점이라고 합니다. 아무리 잘 사는 미국이라고 해도 가난한 슬럼가의 삶은 식민지 하층민의 삶처럼 비루하기는 마찬가지라고 했었다는

여섯 번째 이야기 : '착한 사람' 그 사람이 더 좋더라...

것입니다.

위대한 정치인은 정책으로 대중의 주머니를 좀 더 채워 줄 수는 있지만.. 그래도 대중 그 개개인들을 따스하게 만드는 건 결국 사람과 사람으로의 맞잡아주는 손길이고.. 사랑이고, 배려이고, 나누어줌 입니다.

꼭 배부르다고 외롭지 않은 것은 아닙니다. 꼭 배부르다고 행복한 것만은 아닙니다. 단지 배부른 외로움은 배고픈 외로움 보다 육체적으로 덜 고통스럽다는 것 뿐 입니다.

그래서 사람과 사람, 사람에 대한 마음을 채워주고 편안하게 만들어주는..
마지막 수단, 직접적 수단은.. 인간에 대한 사랑이고 연민입니다.
그렇기에 사랑의 마음, 착한 마음, '측은지심'이 위대한 가치입니다.

지금 만약 누군가 실직으로 힘들고 외롭다면.. 취업을 못해 고민스럽고 서럽다면.. 그에게 위로가 되는 것은 국가 발전이나 사회정의 같은 명제가 아니라 사람의 온기를 느낄 수 있는 밥 한 끼라도 함께하는 안아줌 입니다.

적극적 외교활동으로 국제사회에 인정받는 국가에 대한 자부심을 주는 큰 정치인 보다..
나의 어려움을 알아주고 이해하며 실질적 도움이라도 줄지 아는 작더라도 인간미 넘치는 사람입니다.

그렇기에 세상에 대한 변화도 그렇게 사람에 대한 인간애가 밑바탕이 될 때 가능해진다고 믿고 있습니다. 세상을 위한다는 거창한 명제에는 반드시 그 어떤 이념이나 사상보다 인간에 대한 연민이 우선해야 합니다.

자신이 믿는 그 어떤 이념이나 사상 때문에 약자를 돕는 것이 아니라.. 단지 약자라서 돕는 측은지심의 너그러움.. 인간애가 밑바탕 되어야 그 도움은 변하지 않습니다.

이념이나 신념은 바뀌지만 그 순수한 심성은 쉽게 바뀌지 않고, 그 어떤 댓가를 요구하지 않는 순수한 도움이기 때문 입니다.

그래서 저는 '이념주의자' 보다 '인간주의자'를 더 좋아하고..
똑똑하고 유능한 사람 보다.. 인간에 대한 배려와 연민이 있는 착한 사람을 더 신뢰 합니다.

인간미가 없고, 배려가 없고, 연민이 없는 사람은..
그 아무리 대단한 능력을 가진 사람일지라도 그를 믿지도 않고 좋아하지도 않습니다.

그는 단지 자기 자신만을 위해 성공한 사람, 강한 사람일뿐이지..

여섯 번째 이야기 : '착한 사람' 그 사람이 더 좋더라...

타인에게는 좋은 사람, 착한 사람은커녕 오히려 힘들게 하는 사람일 수 있기 때문입니다.

세상에는 수많은 천재들이 살았었고 살아있습니다.
하지만 사람들에게 감동으로 기억 되거나 감동을 주는 사람은 그리 많지 않습니다.

그것은 사람들이 천재라서 감동을 받는 것이 아니라, 대중에 대한 연민과 희생으로 살아가는 모습에서 감동을 받기 때문입니다.

위대한 사람들이 위대해진 비결은 의외로 단순 합니다. 자기 자신이나 특별한 사람들을 위해 일하기보다는 아주 평범하거나 불쌍한 사람들을 위해 꾸준히 노력하다보니 위대해졌습니다.

한글이 위대한 건 소수 지배층을 위해서가 아니라.. 못난 서민 대중을 위해 만들어졌기 때문 입니다. 권력자 중에 권력자인 왕王이.. 자기 권력을 지키려 온갖 술수를 쓰던 신하들의 반대를 견디고.. 지배층들이 인간 이하로 생각하던 백성에 대한 연민의 마음으로 창조되었기에 위대한 것 입니다.

그래서 인간에 대한 연민 없이는 그 어떤 사회 진보도 이끌어 낼 수 없습니다.

사회적 책임감과 그에 대한 실천이 없는 보수를 진짜 보수라 믿을 수 없 듯이..

인간에 대한 연민이 없는 진보는 진정 모두가 행복한 변화를 만들 수는 없습니다.

그런 의미에서 이념이나 사상으로 세상의 변화를 만드는 것도 필요하지 만..

봉사활동을 하는 사람들의 보이지 않는 곳, 낮은 곳에서의 순수하고 조 건 없는 사랑이 소중 합니다.

그런 순수한 베풂과 나눔이 진짜 힘든 사람들의 상대적 박탈감과 빈곤 을 당장 위로해주기 때문에..

평범한 삶을 살며 좋은 일을 하고, 멋진 삶을 산다는 것도 그렇습니다.

그렇게 같은 시대를 사는 사람들에게.. 보다 작게는 바로 주위 사람에게 라도..

너그러운 사람, 착한 사람.. 정이 많은 사람..으로 좋은 사람이 되어주는 것..

'측은지심'으로 진심으로 함께 해주는 삶을 살아가는 것도 보람된 삶이 라고 봅니다.

사람과 사람의 정情이 더더욱 소중한 시대..

그래서 저는 '뛰어난 능력자' 보다.. '착한 사람'을 더 좋아 합니다.

실제로 지금까지도 제 삶을 행복하게, 웃음 짓게 해주었던 사람들은..
능력자나, 잘난 사람 보다.. 착한 사람, 좋은 사람이었습니다.
단지, 착함만으로도 저를 행복하고 기쁘게 해주었습니다.

그래서.. 최소한 저에게만큼은..
능력 보다 더 뛰어난 능력은..
착함.. 그 자체라고 믿습니다.

냉정하지 못한 사람들을 위한 위로..
– 남들 배려하다가 오히려 자신만 상처 받는 당신에게.

마음이 여린 당신은.. 상대를 너무 많이 배려하다 보니..

항상 남의 비유를 맞추어 주는 모양이 되고..

그러다보면 정작 자신의 원래 의도와는 다르게..

자기 주관도 없고 진실하지 않은 사람으로 오해까지 받게 됩니다.

그런 오해는 혹시 상대방이 마음 상해할까봐 염려하는..

순수한 의도를 갖고 배려하다 받는 오해이기에..

당신을 두배로 더 마음 아프고 자책하게 만듭니다.

내가 왜 그랬을까... 왜 남들처럼 냉정하지 못하고.. 괜한 배려하다가..

나만 또 힘들고 상처 받는 걸까.. 하는 자책감이 생깁니다.

그저 마음 약한 탓에.. 차라리 내가 상처 받고 말지..

그렇게 손해보고 돌아서면.. 또다시 차마 모질지 못해서..

상대편이 상처 받을까봐.. 차마 남들처럼 원망의 소리도 하지 못하고..

과도한 배려심으로 오해만 받고 마는 자기 자신을 원망할 뿐입니다.

여섯 번째 이야기 : '착한 사람' 그 사람이 더 좋더라...

냉정하지 못한 자신이 한심하기도하고..

냉정한 사람들이 부럽기도 하지만..

하지만 또 언제 그런 후회를 했냐는 듯..

또 다른 누군가를 만나면.. 어색한 분위기가 불편하고..

냉랭한 자리가 싫어.. 결국 또다시 마음 약한 사람으로 돌아갑니다.

결국 누가 시키지 않아도..

먼저 푼수처럼 떠들거나 낮은 사람이 되어..

철없는 사람처럼 떠들고.. 속없는 사람처럼 웃지만..

역시나 그런 진심은 무시당하고..

혼자 만만한 사람이 되어 버립니다.

아무리 생각해도 그렇게 된 이유는 천성 탓입니다.

타고난 성품 자체가.. 오히려 착하지 않게 살기가..

더 어려운 사람이기 때문 입니다.

너무 착하게 살기에.. 언제나 손해만 보는 당신은..

그런 배려와 희생 때문에.. 결국 스스로를 아프고 힘들게 하고 있는 것
입니다.

하지만 스스로를 너무 자책하거나 비하하지는 마세요.

주위에 당신을 만만히 대하는 사람도..

분명 당신을 좋아하거나 편하게 생각하는 사람들임을 잊지 말아야 합

니다.

비록 당신을 쉽게 대할지라도.. 사람들이 누군가를 쉽게 대하는 것도..
쉽지만은 않습니다.

쉽다는 건 편안한 거고.. 편안한 사람이 된다는 것은 정말 어려운 일입니다.

대성인인 '노자'조차도 '가장 좋은 것은 물과 같다'고 했습니다.
"물은 온갖 것을 잘 이롭게 하면서도 다투지 않고,
모든 사람이 싫어하는 낮은 곳에 머문다."는 것 입니다.

물 같은 사람.. 아주 만만한 것 같지만..
그 만만함은 아주 소중한 가치이고 무척이나 큰 힘입니다.
굳이 소중한 가치도.. 큰 힘이 아니라 해도 괜찮습니다.

지금까지 살면서 지난 삶을 돌아보면..
"무언가를 더 사랑하고 희생해서 후회 되는 것은 없습니다.
단지 사랑하지 않았기에 후회가 남을 뿐입니다."

그래서 크게 보면 남들을 위해 희생하거나..
무언가를 사랑해서 본 손해는.. 손해가 아닙니다.
크게 보면 그냥 잘한 일이고.. 장한 일입니다.

여섯 번째 이야기 : '착한 사람' 그 사람이 더 좋더라...

누군가의 황량한 가슴에 아름다운 기억의 나무를 심는 일입니다.
메마른 마음에 샘물을 만들어 놓는 일입니다.

물론 상대방이 그런 희생과 사랑과 배려를 모를 수도 있습니다.
하지만 그래서 내가 마음 편하니까.. 누군가가 좋았으니까..
그것으로도 결과적으로 당신의 사랑도.. 희생도.. 배려도.. 너그러움도..
모두 옳습니다.

그 옳음은 반드시 행복과 만족함으로 되돌려 질 것입니다.
되돌려 지는 것을 떠나서라도 스스로..
후회 없는 삶을 살았다고 느끼게 될 것입니다.

물론 좀 냉정히 살면 내 몫을 더 챙기고.. 덜 힘들겠지만..
그것이 안 되는 천성을 가진 것을 어찌 하겠습니까..

세상살이가 힘들수록 점점 냉정해지고 각박해지는 것이 세상이지만..
하지만 그렇기에 더더욱 소중한 것이 사람과 사람 간의 사랑에 마음입
니다.

그 어떤 순간, 어떤 상황일지라도,.
결국 사람을 행복하게 하는 마지막은 사람입니다.

아무리 완벽한 민주주의가 되거나 복지제도가 만들어진다고 해도..

그 이념과 제도의 실행은 사람이 하는 거고.. 사람 속에서 완성되어집니다.

그것이 배려와 희생과 나눔과 함께하는 사랑이고 측은지심의 가치입니다.

그렇기에 비록 험한 세상일지라도.. 그래도 좋은 사람들이 있다고..
좋은 마음을 알아주는 사람이 있고.. 비슷한 생각으로..
함께하는 사람이 있다고.. 비록 잠시 힘들지라도.. 착한 삶을 살고 싶다고..
잠시 아프지만 괜찮다고.. 그런 선택이 옳다고.. 후회는 없다고..

이미 그렇게 배려하고 손해보며 살았어도..
지금껏 포기 않고 잘 살아 왔으니..
앞으로도 계속 그리 살아도 괜찮습니다.

그래서 늘 남들에게 먼저 사랑을 베푸는 당신이..
손해보고 힘들지라도.. 후회되지 않는.. 소중한 삶을 살고 있는 것입니다.

거듭 말하지만..
"무언가를 더 사랑하고 희생해서 후회 되는 것은 없습니다.
단지 사랑하지 않았기에 후회가 남을 뿐입니다."

여섯 번째 이야기 : '착한 사람' 그 사람이 더 좋더라...

비록 당신은 착한 천성이 원망스럽다 할지라도
결코 쉽게 흉내 낼 수 없는 당신만의 매력입니다.

그리고 당신은 잘 모를지 모르지만..
사실은 여러 사람들이 그런 당신을 좋아하고 있습니다.
당신은 분명 매력적인 사람.. 좋은 사람.. 소중한 사람입니다.
그런 특별한 사람임을 당신 스스로 잊지 마세요.

그러니 지금 그대로.. 그냥 살아도 됩니다.
그렇게 정 많고.. 마음 약하고.. 눈물 많은 당신으로..
그냥 그대로 살아도 됩니다.

지금 그대로도 좋습니다.
지금 그대로의 당신이..
좋습니다..

'갑' 보다는 '을'로 살아가는 사람들을 위한 위로..
– 설령 '갑'이 되더라도.. 여전히 '을'처럼 배려하는 사람..

'갑'이기보다는 '을'로 살아가고 있는 사람들이 더 많은 세상살이..
잘난 '갑'들의 대단한 '갑질'에 시달리며 '을'로 살아 가다보면..
복 받치는 설움으로 자신의 처지가 한심하게도 느껴지는 날들..

그래서 '을'로 살아가는 '나' 자신을 견딘다는 것이..
아주 큰 고통일 수도 있지만..
때론 희망으로.. 때론 어쩔 수 없음으로..
오늘도 '을'의 삶을 견뎌내고 있습니다.

평범한 가정에서 평범한 재능으로 태어났기에..
평생토록 '갑'이기보다는 '을'로서 살아가는 운명..
그래서 별로 '갑'이 되었던 적이 없기에..
설령 '갑'이 되더라도.. '갑'이기보다는 여전히 '을'로 남들을 대하는 당신..

그래서 '을'의 설움과 아픔은 자신만의 몫이지만..
차라리 자기가 아플지언정 '갑'이 되어서도 '갑' 같지 않은 사람..

'갑'으로 '갑' 행세를 하면.. 통쾌함도.. 우쭐함도 있겠지만..

그건 돌아서면 후회만 남는 일이기에..

그런 '갑질'은 나에게 어울리지 않는 일이라고..

여전히 '갑'이면서도 '을'일줄 아는 사람..

'을'로써 배려할 줄 아는 사람..

그렇게 '을'일 때도 '을'이고.. '갑'이지만 '을'처럼..

언제나 '을'로만 세상을 살아가는 당신..

남들에게 속없는 사람.. 부족한 사람.. 만만한 사람으로..

무시당할 때는 잠시 우울할 때도 있지만..

그래도 나는 괜찮다고 믿으며..

지난 삶을 돌아보면 그 누구에게도 아픔을 된 적이 없음이..

그 누구에게도 비애나 설움을 준 적이 없음이..

내 삶의 당당함이고 떳떳함이라고.. 말 할 수 있는 사람..

그렇기에.. '을'로써.. 힘들었고.. '을'의 설움을 안고 살았어도..

지난 삶에 후회도 미련도 아쉬움도 없다고 자신 할 수 있는 사람..

또 그래서 그 누구 앞에서든.. 살아가는 그 어떤 일에서든..

두려움도 부끄러움도 없다고.. 이것으로도 충분히 '잘 살았다' 하는 사
람..

이것으로도 내 삶은 소중하고 가치 있는 삶이라고 믿는 사람..

누군가를 힘들게 하기 보다는.. 차라리 스스로가 힘들고 마는..
그런 착한 '을'인 당신이.. 세상 그 어떤 누구보다 소중하고 필요한 사
람..

사람들 위에 서있는 '갑'들을 자세히 살펴보면..
그 영광과 권위 뒤에는.. 반드시 누군가의 아픔이 함께 있습니다.

아픈 사람의 고통이 있기에.. 그것을 고치는 사람의 부귀와 유명세가 있
고..
피해자의 아픔이 있기에.. 그 사람의 고통을 이용해.. 권위와 힘을 갖는
사람들이 있습니다.

대부분의 '갑'들이.. 대개가 그런 식으로..
누군가의 고통과 아픔으로 '갑'이 됩니다.
그것이 비록 원하든.. 원하지 않았든 간에..

하지만 '을'들의 삶은 그럴 일이 없습니다.
단지 누군가를 위해 맞춰주고.. 낮춰주고.. 숙여주는데..
남들에게 아픔과 힘겨움과 피해를 줄 일이 뭐가 있겠습니까..

그래서 세상의 힘겨움을 감수하며 인내하는 '을'들의 그 삶이..

최소한 그 어떤 잘난 '갑'들 보다 더 필요하고 소중하다고..
'을'만의 가치와 의미를.. 스스로 인정하며.. 당당해야 한다고..

세상 대지를 비추는 빛나는 태양도 좋지만..
어둠을 은은히 밝히며.. 힘든 누군가를 자상하게 달래주는 달빛도 좋습
니다.
'갑'으로 잘난 사람도 있어야겠지만.. 묵묵히 견디는 '을'의 희생으로 세
상은 유지됩니다.

그래서 나의 영광과 행복을 위해.. 누군가의 눈물이 되기보다는...
나의 눈물이 누군가에게 위로와 행복이 되어줄 수 있는 '을'인 사람..

'을'로 살아가는 '당신'으로 인해.. 남도 더 행복해질 수 있고..
'나' 자신도 행복해지려고 '행복한 을'로 사는 당신..

'갑'이 되더라도 '을'처럼 겸손히 배려할 줄 아는 당신이..
'갑'이든.. '을'이든.. 언제나 좋은 사람으로 살아가기에..
늘 고마운 사람.. 특별한 사람으로.. 오래 기억 되는 당신이..

언제나 고마움으로 기억되는 사람.. 잘난 '갑' 보다는 착한 '을' 같은 사람
이..
반드시 더 필요한 사람.. 더 소중한 사람.. 더 고마운 사람.. 더 오래 기억
되는 사람..

그것만으로도 그 수많던 '을'의 설움이 모두 위로될 수는 없겠지만..

'을'만이.. '을'이기에.. '을'이니까.. 할 수 있는 것이 있습니다.
눈물 흘리게 하기보다.. 눈물을 닦아주고.. 울음이 아닌 웃음이 되어 줄
수 있다는 것..

'을'이기에 더 고마운 사람으로 좋은 일만 한 것이라고..
누군가에게 죄짓지 않고.. 잘못하지 않고.. 아프게 하지 않고,,
나눠주고 베풀어 주고 행복하게 해주었다고...

지금도 '을'인 당신이 있기에..
누군가 웃을 수 있다고 기쁠 수 있고 행복할 수 있는..
말 그대로 행복을 주는 사람.. '을'인 당신..
오늘도 수고 많으셨습니다.

여섯 번째 이야기 : '착한 사람' 그 사람이 더 좋더라...

언제나 '약자의 편'에 선 당신의 삶을 응원 합니다..
– 세상은 늘 모순되고 불공평 하지만.. 그래도 맞서는 사람..

도대체 왜 그런거냐고.. 오랜 세월 물었습니다.

왜 사람들은 그렇게 강자를 욕하면서도 결국은 그들에게 또 매달리는지..

뒤에선 그렇게 싫어하고 험담하면서도 앞에만 서면 아부하고 매달리는지..

권력자와 재벌의 비정함을 '갑질' 한다고 그토록 욕하면서도..

이 나라의 갑들에게는 관대함을 넘어 맹목적 충성을 하는지..

하지만 알고보니 원래 인간이란 그런 존재였습니다.

인간의 본능은 강자를 추종하고 그 힘에 의지하여 자신의 생존을 유지하고 욕심을 챙기려는 욕구가 있습니다.

강자는 그런 약자의 본능을 너무도 잘 알기에..

그것을 역이용해 자기들 욕심만을 챙길뿐 약자들 따위는 어찌되건 관심 없습니다.

아니, 그나마 자기 덕분에 이만큼이라도 산다고 은혜를 베푼다고 생각

합니다.

남들보다 돈도 많고, 권력도 있는데.., 순진하고 멍청한 사람들이 자기들에게 매달리고 추앙하니..
지극히 '자기중심적'이고 '더더욱 이기적이 되어 자기 이익만을 챙기게되는 거지요.

아니 아예 한발 더 나아가 돈을 가지면 가질수록 더 많이 갖고 싶고, 권력을 쥐면 쥘수록 더 강한 권력을 갖고 싶은 것이 인간의 욕심이기에..
강자들은 더 큰 강자가 되기 위해 약자들을 끌어 모으고 그들을 이용해 자기 힘을 더더욱 키워 갑니다.

그러면서 그 속에서 더 큰 강자가 태어나고..
강자들 간의 경쟁에서 이기기 위해 더 야비한 방법으로..
더 냉혹하게 약자들을 이용해 먹는 것이 현 시대 입니다.

그 과정에 더 자극적이고 교묘한 거짓으로 약자들을 끌어 모으고 이용하는 것이..
능력과 경쟁력으로 미화되고.. 경쟁이 치열할수록 약자들은 더 많이 이용당하며 더 큰 피해를 봅니다.

그런데도 강자에 길들여지고 언론에 놀아나는 무지한 약자들의 추종은

여섯 번째 이야기 : '착한 사람' 그 사람이 더 좋더라...

계속 되고..

점점 더 먹고 살기가 힘들어진 약자들은 강자에게 반항하기보다는..

더 큰 충성심과 아부로 강자들에게 매달리는 패턴이 반복되기에..

결국 강자들만의 금력과 권력은 더더욱 커져만 가는 것입니다.

이것이 한 시대, 한 사회가 소수 강자에게 권력과 부가 집중되는 패턴이며..

또 그로인해 그 시대, 그 사회가 망하게 되는 과정입니다.

그런데 그런 강자, 또는 강자될 조건이나 자질을 가진 사람들중에 자기 욕심만 채우지 않고..

오히려 약자를 보호하려는 아주 특이한 사람들이 가끔 있습니다.

자기 이익만을 위해 살면 얼마든 편하게 살 수 있는데..

약자를 위하고 배려하려는 일부 특이한 사람들의 삶은 불행하고 힘듭니다.

오히려 약자들을 위하려다가 오히려 자기 삶까지 불행해집니다.

욕심 많은 강자들 입장에서는 자기 욕심만을 못 챙기게 막으려는 사람이니 제거하려 하고,

무지하고 순진한 약자들 입장에서는 강자의 특권과 권위를 버린 자이기에..

자신과 같은 약자라는 생각에 무시하려 합니다.

그래서 그 어느 쪽에도 자기편이 적습니다.

욕심 많은 강자, 무지한 약자 양쪽에서 공격을 당하기 때문에 힘들 수 밖에 없습니다.

여기도 저기도 끼지 못하고 외로운 존재가 '약자의 편에선 사람'인 것입니다.

물론 일부 깨인 약자들은 그런 약자의 편에 선 사람을 따르지만 그 수는 그리 많지 않습니다.

그래서 그런 현실을 꿰뚫고 있는 영악한 강자들은 결코 약자의 편을 들지 않습니다.

그냥 그대로 가만히만 있으면 얼마든지 편하게 살 수 있는데..

괜히 약자를 돕겠다고 나섰다가 자기만 힘들어지는데 굳이 나설 필요가 없기 때문입니다.

힘들어도 그런 자신의 뜻을 약자들이 알아주고 인정해준다면 손해를 감수하고라도 나서겠지만..

손해 보는 정도가 아니라 약자들에게까지 따돌림 당하는 억울함도 감수해야 하기 때문입니다.

그러니 약자를 도우려는 사람은 별로 없게 되고..

그렇기에 강자는 늘 강자이고, 약자는 늘 약자일 수밖에 없는 현실이 반복 됩니다.

여섯 번째 이야기 : '착한 사람' 그 사람이 더 좋더라...

그래서 늘 강자가 약자를 이용해 더 강자가 되고..
그 힘으로 또다시 약자를 괴롭히고 착취하는 구조는 바뀌지 않습니다.

약자로 태어난 사람은 자신의 운명을 한탄하다가도..
누군가가 도와주면 오히려 그 사람을 강자에게 팔아넘기고 그 대가로
자기 밥벌이를 하려 합니다.
그러면서 그렇게 사는 자기 인생을 한탄하는 바보짓을 반복하는 희비극
이 약자들의 삶입니다.

결국 약자들이 그런 힘든 운명에서 벗어나는 방법은..
강자들이 자신을 이용하는 존재라는 것을 깨닫고 더 이상 매달리지 말
고 스스로들을 지켜야 합니다.
강자보다 부족한 불리함을 극복하기 위해 약자들끼리의 연대로 강자의
힘과 횡포에 맞서야 하는 것입니다.

그러나 약자들은 스스로들을 무시하고 믿지 못합니다.
강자에 맞서 자유를 얻기 보다는 자유를 구속 받고 양심에 찔리고 치사
하더라도..
좀 더 넉넉한 벌이를 위해 강자에 빌붙으며 같은 약자들을 배신하는 쪽
을 선택하는 경우가 반복 됩니다.

일제시대 때는 일본의 앞잡이가 되고, 독재 시절에는 독재자의 앞잡이
가 되고..

블랙홀 같은 재벌의 앞잡이, 비정한 권력의 앞잡이들도 모두 같은 원리로..
그렇게 동료들을 팔아 자기의 이익을 위해 살아간 것입니다.

그리고 그런 자들이 늘어날수록 세상은 치열해지고 각박해졌습니다.
그것이 지금까지의 세상의 원리이고, 강자들이 세상을 지배하는 방법이고..
약자가 늘 힘들게 살 수 밖에 없는 이유인 것입니다.

그래서 만약, 누군가가 이런 세상을 바꾸고 싶다면..
그래도 약자의 편에서고 싶다면.. 약자를 돕고 싶다면..
반드시 먼저 알아야 합니다.

비정한 강자에게는 박수와 부귀가 쏟아지고,
착한 강자, 약자를 돕는 강자에게는 곤궁함과 험난함이 기다립니다.
원래 세상은 그렇게 모순되고 불공평 하다는 것입니다.

그래서 힘겨움을 각오하고, 세상에 버려질 각오를 하고, 약자들의 돌팔매질을 각오해야 합니다.
자신의 진정한 마음을 알아주지 않는다고 서운해 하지 말고, 배신당함을 아파하지도 말아야 합니다.

그렇게 가시밭길과 비난을 각오하고..

철저히 이타적이고, 무심한 마음으로 약자를 도와야 하고..
강자들의 불의에 맞서야 합니다.

그래야 세상의 배신에 상처를 덜 받고..
사람들의 야박함에 지쳐 스스로 변절하지 않게 됩니다.

물이 산골에서 출발해서 냇가를 지나 강물을 거쳐 바다로 가는 데는 아무런 이유가 없습니다.
그렇게 가는 것이 물의 운명인 것처럼.. 자신의 운명이라고 생각하고 그 길을 가야 합니다.
약자의 편에서 정의와 진리를 지켜간다는 것은 그런 것입니다.

세상의 이치가 이렇기에 이런 이치를 이해했다면 삶은 결국 선택의 문제입니다.
비겁하고 야비하지만 밥벌이가 수월한 강자의 편이 될 것인가..
아니면 당당하고 떳떳하지만 외롭거나 곤궁할 수 있는 약자의 편에 설 것인가..

불의의 편에서 비겁하지만 편한 밥벌이를 할 것인가..
정의의 편에서 당당하지만 어려운 삶을 살 것인가..

오직 승리만을 위해 불의와 반칙을 일삼는 선수가 될 것인가..
정정당당한 모습으로 경기하는 그 자체가 아름다운 선수가 될 것인가..

결과만을 보는 사람들에게는 승자 보다 아름다운 패자는 없습니다.

하지만 경기 자체를 보는 사람들에게는 분명 승자 보다 아름다운 패자가 있습니다.

아니, 그들에게는 이미 승패 따위는 중요한 것이 아니라..

얼마나 최선을 다해 좋은 경기를 했느냐가 중요 합니다.

인생도 삶의 결과만으로 그를 성공한 삶, 승리한 삶이라 볼 수도 있습니다.

하지만 결과와 상관없이 그가 살아온 길만으로도 아름다운 삶, 가치 있는 삶, 위대한 삶이라 평가 할 수도 있습니다.

만약, 인생의 결과 보다 과정을 중요시 여기는 사람이라면..

그렇게 외롭고 험난하더라도 정의에 길을 가면 됩니다.

약자의 편에서 불의에 맞서고 세상 사람들의 눈물을 닦아 주면 됩니다.

사람들에게 배신당하고 불의에 패배할지라도 그 길을 가면 됩니다.

아무리 세상 구조가 자신에게 불리할지라도 끝내 포기하지 말고 그 길을 가면 됩니다.

그냥 그렇게 자기 스스로가 믿는 가치를 위해 묵묵히 그 길을 가면 됩니다.

비록 세상이 알아주지 않아도.. 아무리 세상이 야속하고 매정하게 외면할지라도..

최소한 자기 스스로의 역사에는 최선을 다한 아름다운 삶을 산 것입니다.

그리고 운이 좋다면 깨어 있는 누군가는 그 삶을 인정하고 박수칠 것입니다.
그 순수한 도전과 치열한 노력에 용기를 얻어 그 뜻을 이어갈 것입니다.
그것이 지금껏 반복된 세상사고 인류의 역사입니다.
인간에 대한 연민과 세상에 대한 정의감으로 살아간 사람들의 운명입니다.

그런 힘든 운명을 받아들이고..
다함께 잘 사는 사회.. 모두 다 더 좋은 사회를 위해..
약자의 편에 선 당신.. 그런 당신의 그 삶을 응원 합니다.
그런 당신의 더불어 정신을 응원 합니다.

그리고.. 오래도록.. 당신의 아름다운 삶을 기억할 것입니다.
지금도 기억되는 그분들의 그 삶을 아름답게 기억하듯..
그렇게..

'부자'보다는 '자유'를 꿈꾸는 그 삶을 응원 합니다..
– 자유롭게 사는 것으로도 행복한 존재이고 좋은 삶 맞습니다..

십년 넘게 부자 열풍이 불었지만 그런 세태에도 불구하고 '부귀한 삶' 보다는 '자유로운 삶'을 꿈꾸는 당신.

사람들은 당신에게 충고합니다. 나이가 들수록 결국 남는 것은 '돈'이라고.. 그러니 '부자'가 되어야 한다고..
하지만 그럼에도 당신 삶의 목표는 '자유로운 삶' 입니다.

당신은 그냥 자유로운 삶, 좋은 사람들과 더불어 즐겁게 사는 삶으로도..
행복하다 느끼는 그런 삶을 살고 싶은 건데..
왜 굳이 돈 많이 벌고 출세하라는 충고를 들어야 하는지에 대해 의아해 합니다.

사실 당신은 부귀를 누리는 삶에 큰 가치를 못 느낍니다.
많이 부럽지도 않고 그건 삶의 여러 종류 중에 한 종류일 뿐이라 생각 합니다.
단지 부자를 추구하는 사람들에게나 중요한 목표일뿐인데 부귀를 목표로 하지 않는 사람에게도 부자가 되라고 가르치는 것이 부담스럽습니다.

여섯 번째 이야기 : '착한 사람' 그 사람이 더 좋더라...

그들의 기준으로는 부자가 되고 출세를 하는 것이 '잘 사는 것'으로 생각 되겠지만..

그저 자유로운 삶을 꿈꾸는 사람의 기준으로는 그것만이 '잘 사는 것'은 아니라고 생각 됩니다.

'자유인'을 꿈꾸는 당신의 '잘 사는 것' 기준은 '부귀'가 아니라 '자유' 입니다.

이렇게 서로의 목표와 판단 기준이 다른데도 세상은 단지 '잘 사는 것'의 기준을 '부귀'로만 한정 합니다.

자기 삶의 목표를 '나의 기준'이 아니라 '남의 기준'으로 평가 받으며 살아야 하는 것을..

'자유인' 당신은 안타까워합니다.

그래서 '자유인' 당신은 말 합니다.

"저는 부귀 목표를 사는 삶을 인정하고 존중 합니다.

내가 부자의 삶을 인정하듯이.. 당신 역시도 자유인의 삶을 인정하고 존중해야 합니다.

가난하고 힘없다고 무시해서는 안 됩니다.

세상 모든 삶이 다 소중한 것은.. 누군가 부자의 큰 목표를 채우기 위해.. 욕심 적은 사람들의 드러내지 않는 도움이 있어야 합니다.

그런 사실을 깨닫고 다른 삶들도 인정하고 존중해야 합니다.

당신은 당신의 목표를 위해 사세요. 나는 나의 기준으로 살겠습니다.
누구나 자신이 옳다고 믿는 기준이 있듯이.. 저도 제가 옳다고 믿는 기준
이 있습니다.

무엇이 진정 옳은가에 대해서는.. 그 누구도 함부로 말 할 수 없습니다.
그리고 그 누구나 자기 삶의 주인은 자기 자신이기에..
남들의 평가 보다는 자기 자신의 평가가 더 중요합니다."

도대체 왜 그런 기준을 갖고 사느냐고 물으면 '자유인' 당신은 또다시 말
합니다.

"부귀만을 찾아 살다가기에는 삶이 너무 짧고 아까운 것 같습니다.
저에게는 부자보다 더 소중하다 믿는 가치들이 있습니다.
그래서 이왕이면 제가 더 소중하다 생각하는 가치를 찾아 살려고 합니
다.

제 마음에 소리를 들었습니다.
예전에는 돈 많은 삶, 출세한 삶을 살고 싶었지만..
점점 그런 사회적 속박으로 얽매이지 않는 자유로운 삶을 살고 싶습니
다.

그것이 능력 부족한 사람의 '비겁한 변명'이고.. 어쩔 수 없는 '자기합리
화'라..

여섯 번째 이야기 : '착한 사람' 그 사람이 더 좋더라...

생각될 수도 있지만.. 그래도 자유로운 삶을 추구하고 싶은 것은 사실입니다.”

비록 부자가 아닐지라도.. 허위와 위선과 편견과 차별과 욕심으로부터 자유로운 사람..
세상의 통념에 얽매이지 않고 자유롭게 자기 삶을 살아가는 사람..
그냥 삶 그대로의 삶을 살아가고 있는 사람..

그런 자유인이 되고 싶은 사람.. 그것이 누구이든.. 자유인으로의 그 삶을 응원 합니다.
그 ‘자유의지’와 ‘자유영혼’을 응원 합니다.

사실 어쩌면 지금까지 세상에 드러난 출세의 비법, 부자의 비법, 처세의 비법이란..
아무리 고상하게 포장해도 결국 강자에게 아부하고, 경쟁자를 따돌리고..
약자를 이기고, 부족한 사람들을 속이는 방법들로 넘쳐납니다.

하지만 최소한 ‘자유인’ 당신은 그런 불의와 위선과 비겁으로부터 무관 합니다.
부귀로부터 자유로운 것만큼 부귀를 얻기 위한 거짓과 부정으로부터도 자유롭습니다.

인생이 '자신을 위해 사는 것'은 맞지만.. '오직 자신만을 위해 사는 것'은 아닐 것입니다.
그래도 '자유인' 당신은 자유롭지만 함께하는 삶을 부정하거나 속이지는 않습니다.

뭐, 굳이 그런 것들을 떠나서라도..
'자유'를 꿈꾸는 것만으로도 당신의 삶은 충분히 소중한 삶입니다.

그 예전 부자열풍이 한창일 때 30대 초반에 큰돈을 벌어..
그를 추종하는 사람들에게 '팬 사인회'와 '출판 기념회'까지 하며..
연예인급 인기를 누리던 그 사람이 했던 말이 있습니다.

"제가 부자 되기를 원하는 것은 자유를 얻기 위함입니다.
부자가 되면 하기 싫은 것을 하지 않아도 되고.. 돈의 구속으로부터 자유로울 수 있지요. 저는 부자는 자유라고 생각합니다."

부자 지망생들에게는 다소 맥 빠지는 말일 수도 있지만..
그 사람은 '자유'를 얻기 위해 부자를 열망 했던 것 입니다.

부자의 꿈이 '자유' 라는 말을 들으니.. 어느 평범한 영국 노동자의 말이 생각납니다.
당신도 부와 명예를 갖고 있는 왕족이 되고 싶으냐는 질문에 그는 명쾌하게 대답했습니다.

여섯 번째 이야기 : '착한 사람' 그 사람이 더 좋더라...

"저는 왕족이 되는 건 싫습니다.

왜냐하면 난 그들보다 소중한 것을 갖고 있습니다.

그것은 바로 자유입니다.

왕족들은 부와 명예는 가졌지만 그런 자유를 갖고 있지는 못하죠.

화려할 수는 있지만 예쁜 새장 속에 갇혀있는 날지 못하는 새죠.

제가 갖고 있는 자유가 그들의 부와 명예 보다 훨씬 더 소중하다고 생각합니다.

그래서 그들을 바라보며 즐길 뿐 제 자신이 왕족이 되고 싶지는 않습니다."

평범한 영국 노동자가 말한 행복도 자유이고..

한국의 부자 열풍에 중심에 서있는 사람이 말한 것도 자유입니다.

곧 행복은 자유이며.. 그 자유를 얻기 위해 많은 노력을 하고..

그 자유는 그 무엇과도 바꿀 수 없을 만큼 소중하다는 것입니다.

그런 의미로 본다면..

자유롭게 사는 '자유인' 당신은 이미 부자일 수 있고 행복한 존재 맞습니다.

그렇기에 '자유인' 당신은 '잘 사는 것'이기도 합니다.

그리고 굳이 잘살고.. 못살고를 떠나서..

인간은 자유로운 존재일 때 비로소 인간다워지기에...

그래서 "자유로운 삶을 산다는 것만으로 충분히 좋은 삶이다"라고 믿고 있기에...

'자유인' 당신의 삶은 충분히 '좋은 삶'입니다.

그런 '자유인' 당신의 '자유'를 응원 합니다.

당신이 선택한 '자유'를 응원 합니다.

여섯 번째 이야기 : '착한 사람' 그 사람이 더 좋더라...

잊혀 지지 않는 밥 한 끼...
– 함께하지 못한 그 밥 한 끼는 평생 마음의 후회로 남겨졌다..

십년이 더 지나서도 잊혀 지지 않는 밥 한 끼가 있다.
긴 세월이 지났건만 어떤 순간마다 문득문득 떠오르는 밥 한 끼..

그 밥 한 끼는 잊혀 지지 않는 그 사연만큼..
가장 안타까운 밥 한 끼이며.. 내 인생에 가장 아쉬움과 미련이 남는..
가장 후회되는 밥 한 끼이기도 하다.

그 밥 한 끼는 사실은 끝내 먹지 못했던 밥 한 끼이기 때문에 그렇다.
밥 한 끼를 함께 먹기로 약속했던 그 사람은 밥을 먹기도 전에 멀리 떠났
으므로..
아주 먼 길을 떠났기에.. 더 이상 내 곁에 없으니.. 먹으려고 해도 먹을
수 없는..
밥 한 끼가 되었기에 더더욱 그리도 잊혀 지지 않는 밥 한 끼로 남겨졌
다.

살면서 우리는 흔히 말 한다. 밥 한 끼 하자.. 밥 한번 먹자..
그리고 그 시기를 지나쳐 버리는 경우도 흔하고.. 끝내 함께하지 못하기

도 한다.

밥 한 끼를 함께 하기 전에.. 그 무슨 이유에서건.. 떠나보내거나 멀어지는 사람이 있다.

아주 멀리 떠나는 사람도 있고.. 다시 만나지 못하는 사람도 있다.
그렇게 밥 한 끼 나누자는 약속을 지키지 못하고 떠나보낸 후에야..
왜 그 밥 한 끼를 함께 못 했을까.. 왜 그 많은 시간을 내지 못했을까
왜 그 밥 한 끼 하는 그 작은 자리를 만들지 못했을까 하는 아쉬움에 후회 한다.

따스한 밥 한 끼라도 함께 나누며 떠나보냈더라면 덜 아플 텐데..
그 밥 한 끼라도 함께 하고 그 사람이 떠나갔다면 덜 아쉬울 텐데..
이렇게까지 후회되지 않고 이렇게까지 아프지 않을 텐데..
도대체 왜 그 밥 한 끼를 못 했을까..

그래서 그 밥 한 끼는 단순한 밥 한 끼가 아니라..
그 밥 한 끼를 함께 하지 못해..
10년이 넘도록 마음의 짐으로 남아 있을만큼..
사람 사는 정이고.. 소중한 행복이고.. 아름다운 추억이다.

나의 그 잊혀 지지 않는 밥 한 끼의 그 사람은..
한없이 여리고 착하고 눈물 많은 사람이었다.

여섯 번째 이야기 : '착한 사람' 그 사람이 더 좋더라...

띠 동갑 동생에게 한 번도 큰 소리 내지 않았던 사람..

그냥 이름으로 막 부르기 보다는 항상 존칭을 붙여 불러 주던 사람..

남이 아픈데도 자기가 더 슬퍼하며 구슬픈 눈물을 뚝뚝 흘리던 사람..

하지만 풍류의 멋을 알았기에.. 구수한 세상사 이야기에 역사 이야기로..

함께 하는 사람에게 시간 가는지 모르는 재미를 주는 사람..

그렇게 남들에게 한없이 다정하고 착했던 만큼..

세상에 상처만 많이 받은 사람..

그래서 그런 세상 나쁜 사람들에게 복수를 꿈꾸지만..

복수는커녕.. 또다시 세상에 당하기만 하면서..

자기 자신만을 원망했던 사람..

결국 자기 자신에 대한 원망이 지나쳐 세상 밖으로...

되돌아오지 않는 아주 기나긴 여행길을 떠난 사람..

평소 그렇게 좋아하던 여행이었으니.. 그 길만은 행복할 테니..

이제 내가 아무리 그 사람이 좋아했던 그 밥 한 끼를..

함께 나누고 싶어도.. 더 이상 그 사람과.. 그 밥을 먹을 수는 없다.

지금도 그 별것도 아닌 불과 몇 천원의 밥 한 끼를 함께하며..

그리도 맛있다며.. 네가 소개해준 이 집 정말 맛있다고..

235

다음에 다시 꼭 같이 오자고.. 그 약속을 했던 기억이 선한데..
더 이상 그 밥 한 끼를 할 수가 없다.

이제 그토록 맛있게 먹어주었던 그 사람이 함께 없는데
내 혼자 가서 그 밥을 먹은들.. 무슨 맛이 있고.. 무슨 의미가 있으랴..
그때 그 식당도.. 그 음식도.. 그 주인 아주머니도 그대로인데..
단지 밥 한 끼를 함께 나눌 그 사람만 없다.

그토록 좋아했던 그 음식을 그렇게 맛있어 했던 그 사람만 없다.
단지 그 사람만 없다...

그 사람이 아주 먼 여행을 떠난 후..
아주 오랫동안 미련과 슬픔으로 아쉬워했다.
함께하지 못한 그 밥 한 끼는 평생 나에게 마음의 부담이었고..
크나 큰 아쉬운 후회로 남겨졌다.

그래서 앞으로 정말 좋아하는 누군가가 있다면..
그 사람과 꼭 밥 한 끼를 하려 한다.
언제든 생각이 날 때마다 밥 한 끼를 하려 한다.

나에게도.. 그에게도.. 그 밥 한 끼가..
인생의 너무도 소중한 만남.. 소중한 자리로..
되돌아볼수록 아주 소중한 기억 일수도 있고..

여섯 번째 이야기 : '착한 사람' 그 사람이 더 좋더라...

잊혀 지지 않는 아름다운 추억이 될 수 있기에..

그렇게 꼭 그 밥 한 끼를 하려 한다.
소중한 사람이면 더더욱.. 좋은 사람이면 더더욱..

비록 그 사람이 내 곁을 떠나지 않아도..
평생 함께 있는 사람이라면 더더욱 밥 한 끼를 함께할 것이다.
지금 여기 함께하고 있는 사람이 나에게 가장 소중한 만남이고..
그런 함께하는 만남도.. 오래도록 아름다운 기억이 될 것이라는 것을..
이미 알게 되었으니..

오늘도 전화를 하려 한다.
그리고 그 사람에게 말 할 것이다.
우리 같이 밥 한 끼 하시지요.
따스한 밥 한 끼..
함께 하시지요..

그래.. 비가 오는 밤에는.. 그곳에 가야한다..

– 여전히 그 꿈을 떠올릴 수 있는 그곳에 가야 한다..

비가 온다..

오전부터 시작된 비가, 오후에도 하염없이 온 종일 비가 온다..

그리고 그 비는 어스름이 깔리는 저녁까지도 계속 된다.

비는 그칠 줄을 모른다.

하긴 일기예보에도 비는 계속 된다고 그랬었다.

창문을 열고 빗소리를 듣는다.

그렇다.. 그랬었다...

그 시절에는 가난 했지만 방문을 열고 마당에 떨어지는 빗소리를 들으
며 행복해 하곤 했었다.

양철 지붕을 두드리는 빗소리에 슬며시 미소 짓고는 했었다.

그런데 창 밖에 빗소리는 여전히 그대로인데..

어느덧 나만 변해 있다.. 나는 변해 있다.

그래, 이렇게 살아남았다고 말하지만..

여섯 번째 이야기 : '착한 사람' 그 사람이 더 좋더라...

나는 나를 잃어 버렸는지도 모르겠다..

그냥 이런 것이 삶이라고 말하기엔 빗소리는 너무 솔직하다.

빗소리는 너무도 순수하다.

도대체 변한 것이 아무것도 없다.

그래도 문득, 그 사람이 그립다.. 단지 그 사람이 그립다..

사랑 하는 그 사람이, 사랑 했던 그 사람이..

그냥 단지 그립다..

너는 어디가고 나만 이렇게 남았는지..

그때와 마찬가지로 여전히 비는 내리는데 왜 이렇게 나만 남았는지..

그리움을 벗 삼아.. 그 곳에 가기로 한다.

그렇다.

이렇게 비가 오는 밤에는 그곳에 가야 한다.

그곳에서 한잔의 술을 마셔야 한다.

어느 시인의 노래처럼..

한잔의 술을 마시며 '버지니아 울프'의 생애와 '목마'를 타고 떠난 숙녀의
옷자락을..

추억으로라도 이야기 하여야 한다.

허름한 가게의 작은 의자에 앉아..

문 밖에 서성이는 빗소리를 들으며.. 가슴으로 마시는 막걸리 한사발..

하얀 김이 오르는 그 모습에 마음까지도 푸근해지는 착한 안주를 마주한 그 곳에서..
네가 없어도 너를 만나야 한다.

그래서 아직 당신을 기억한다고.. 또 그래서 여전히 나에게 꿈은 남아 있노라고..
당신을 기억 하듯 그 꿈을 기억하고.. 난 분명 그 꿈을 이루어 갈 거라고..
반드시 그렇게 할 거라고.. 분명 그렇게 될 거라고..

그 꿈을 지켜가고 이루어가듯.. 절대 당신을 잊지 않겠노라고..
그래서 나는 아직 살아가노라고..
그렇게 끝까지 살아가겠노라고..
나에게, 당신에게 말해야 한다..

비가 오는 밤이 아름다운 건..
이렇게 잊고 있던 나를, 당신을 떠올리게 하기 때문이지..
잊을 수 없는 그 소중한 꿈을 지켜가게 하기 때문이지..

비가 오는 밤에는 그곳에 가야 한다..
나를 찾아, 당신을 찾아, 내 꿈을 찾아 가야 한다..

여섯 번째 이야기 : '착한 사람' 그 사람이 더 좋더라...

언제나 당신을 떠올릴 수 있는 그곳에 가야 한다..
여전히 그 꿈을 떠올릴 수 있는 그곳에 가야 한다..
이렇게 아련히 당신의 비가 오는 밤에는..
이렇게 고요히 그리움의 비가 오는 밤에는..

그래.. 비가 오는 밤에는...

"이제는 그래도 된다.."
– 이미 충분히 열심히 살았으니.. 마음가는대로 해도 된다..

남들은 그러는 당신을 오해 할지 모르지만..

이제는 그래도 된다..

당신이니까 그래도 된다..

이제는 욕심 부리며 살아도 되고..

이제는 자기만 생각하며 이기적으로 살아도 되고..

이제는 눈치 보지 않고 하고 싶은 대로 해도 된다..

어느 정도는 그래도 된다..

이미 너무 많이 세상에 손해 보고.. 참아 주었었기에..

이미 너무 많이 나만이 내려놓고.. 나를 비웠었기에..

늘 피해자였고.. 늘 약자였고.. 늘 손해보고 사는 당신이기에..

그동안 충분히 착하게 살았고.. 의리 있게 살았고.. 참고 살았고..

아픔을 자기가 떠안으며.. 져주며 살고.. 힘들게 살았었다.

이미 많이 정직했으니까 이제는 비겁해도 된다..

여섯 번째 이야기 : '착한 사람' 그 사람이 더 좋더라...

이미 많이 힘들었으니까 이제는 쉬어도 된다..

이미 많이 성실했으니까 이제는 취해도 된다..

당신이니까 그래도 된다.. 이제는 그래도 된다..

언제나 불의에 맞서며 정의롭게 살고..

항상 더 힘든 사람에게 손 내밀어 준 당신이기에..

그렇게 더 편하고 더 풍요로운 삶의 기회를 내려놓았던 사람..

여전히 나이가 들어서도 자기를 챙기지 않고.. 별 실속 없이..

나누고 베풀고 손잡고 안아주고 위로해주던 사람..

그래서 이제는 욕심 부려도 된다..

당신과 어울리지 않는 세상살이와 다른 사람들에게..

실망해도 되고,, 원망해도 되고.. 분노해도 된다..

아파해도 되고 힘들어 해도 되고.. 하고 싶은 대로 해도 된다..

그러나 결코 스스로의 삶을 외면하지는 마라..

더 큰 자기 완성도 없고 더 큰 자기 채움과 이룸이 없더라도..

반드시 살아남아라.. 끝내 살아남아라..

살아가는 것이 아프고 힘들어도 그래도 살아 있으면 좋지 않으냐..

비록 막막한 어려움에 숨 막힐 때도 있지만..

그래도 사랑하는 사람이 있고.. 하고 싶은 것도 있고..

아직 남은 희망도 있으니 그래도 살아 있음이 좋지 않으냐..

더 멋진 삶을 살지 못한다 해도..

그래도 당신만이 할 수 있고.. 해야 할 일이 남아 있고..

아직도.. 당신을 믿어 주고.. 당신을 그리워하는 사람도 있지 않느냐..

힘겨운 날들 속에서 그래도 즐거울 때가 있고..

참고 사는 남들의 계속이지만 그래도 웃을 때도 있고.. 기쁠 때도 있는
데..

그래도 그것 때문에라도 살아남아야지..

이제 그냥 당신만을 보며.. 그 작은 행복만을 보면서라도 그렇게 살아남
아라..

이미 그렇게 수 천억명이 살았었고.. 그래도 행복하다 웃으며 살았었
다..

그래서 모든 꽃들은 아름답다.. 살아있는 모든 꽃들은 소중하고 아름답
다..

그것만으로도 살아 있는 꽃 같은 당신 삶도 아름답다..

누군가는 보여줄 수 있는 무언가를 쌓지 못한 삶을..

실패한 인생이라고 말할 것입니다..

실패한 인생들을 위하여 말하고 싶습니다..

단지 정직했기에.. 단지 성실했기에.. 단지 비겁하지 않았기에...

단지 속이지 못하고.. 단지 외면하지 못하고.. 단지 사람처럼 살았기에..

당신이 그런 거라고..

자기만의 잇속을 찾아 매달리지 않았기에..

자기만의 실속을 챙기며 외면하며 살지 못했기에..

그래서 실패했지만 실패하지 않았다고..

부귀에 실패했을지는 몰라도.. 삶에는 실패하지 않았다고..

그동안 충분히 성실하고 착하고 정의롭고 올바르게 살았으니..

이미 많이 정직했으니까.. 이제는 더 이상 그러지 않아도 됩니다.

그런 당신을 이해합니다..

가뜩이나 각박한 세상.. 내가 안 챙겨주고..

내가 함께해주지 않으면 어쩔까.. 하며 걱정하는 마음도 압니다.

하지만 또 누군가가 나서서 대신하게 될 것 입니다..

그렇게 세상의 물결은 흘렀고 역사의 물길은 갈 길을 갔습니다.

그동안 수고 많았습니다.

이제는 떠들어도 되고.. 비겁해도 되고.. 쉬어도 되고.. 욕심내도 되고..

덜 착해도 되고.. 성실하지 않아도 되고.. 그냥 나를 위해..
나를 바라보며 살아도 되고.. 마음가는대로 해도 됩니다.

그동안 충분히 많이 참고 살았으니까..
이미 충분히 열심히 살았으니까..
"이제는 그래도 된다.."

여섯 번째 이야기 : '착한 사람' 그 사람이 더 좋더라...

고맙지 않은 사람이
어디 있으랴...
그래서 당신이 고맙습니다..

어느 '문제아' 선생님의.. 아주 특별한 '주례사'
– 그런 아픔과 상처가 있기에.. 누군가 비슷한 아픔이 있다면..

어느 고등학교의 개학식 첫날, 새로 배정 받은 교실에 처음 들어선 정선
생님은 흠칫 놀랐다.

개학 첫날인데도 불구하고 학생들의 결석으로 자리가 여러군데 비어 있
었다.

교실의 아이들도 개학 첫날이라 빈자리가 무엇 때문인지 그 이유를 알
지 못했다.

그리고 쉬는 시간..

교무실에 들어선 정선생님을 학생과 선생님이 불렀다.

정선생님이 맡은 학급 아이들이 패싸움으로 경찰서에 있으니 살펴보고
오라는 거였다.

교실에서 첫날부터 비어있었던 그 빈자리의 이유를 그때서야 알았다.

그렇게 정선생님의 새 학기는 그 문제아들과의 특별한 만남으로 시작
되었고..

그것은 단지 시작에 불과했다.

일곱 번째 이야기 : 고맙지 않은 사람이 어디 있으랴...

원래 '학생지도'라는 것이 문제아들에 대한 지도가 대부분이지만..
늘 큰 문제의 중심에는 '광철'이라는 학생이 있었다.
어느 날은 일학년이 삼학년 학생을 폭행하고 있는 것을 발견 했는데 역
시나 그것도 '광철'이였다.

오토바이 절도로 2년이나 학교를 쉬다가 다시 학교를 다니는 광철이에
게..
담임인 정선생님은 단한가지만 약속하자고 했다.
'절도'만은 하지 않겠다고....

몇몇 작은 사고는 있었지만 정선생님의 지속적인 관심과 배려로 광철이
는 그럭저럭 잘 참는 듯 했다.
절도나 폭행으로 교무실을 들락이는 일들이 뜸해졌고, 그렇게 한 학년
이 무사히 지났다.

학교에서도 이미 그의 악명을 익히 아는지라 정선생님 반에 광철이를
또다시 맡겼다.
그리고 광철이의 병은 고쳐지는 듯 했다...

그런데 어느 가을..
광철이가 학교에 오지 않았고 병원에 입원해 있다는 연락이 왔다.
오토바이를 훔쳐 타고 도주를 하다 사고가 난 것이었다.
불행 중 다행인 것은 혼자 길가에 처박혀 다른 인명 피해는 더 이상 없

었다.

광철이는 병원에서 경찰서로 곧바로 넘어갔다.
그때부터 정선생님은 매일 경찰서 유치장을 드나들었고..
그런 뒷바라지는 검찰청까지 이어졌다.

자신은 아무런 죄 지은 것도 없이..
자신보다 어린 젊은 검사에게 한심한 선생으로 야단까지 맞았다.
그래도 정선생님은 전교생을 대상으로 묵묵히 구명 탄원서의 서명을 받았다.

그런 노력 덕분으로 이미 전과가 있는 광철이지만 '소년원' 행만은 막을 수 있었다.
하지만 퇴학 처분은 어쩔 수 없었고, 그래도 정선생님의 간절한 호소로 자퇴로 처리 되었다.

그리고 얼마 후...

정선생님의 출근길 집 앞..
느닷없이 찾아온 광철이가 정선생님에게 무릎을 꿇고 앉아..
다시 학교를 다닐수 있게 해달라며 사정을 했다.

정선생님은 이건 내 능력 밖이라며 어쩔수 없다고 애써 외면 했다.

그렇게 하루, 이틀, 삼일 똑같은 일들이 매일 벌어졌다.

급기야 출근길, 퇴근길을 가리지 않고 그런일은 벌어 졌고
더 얼마간의 시간이 지나 정선생님은 교장 선생님께 광철이를 복학 시
키자고 생떼를 썼다.

하지만 지금가지 자퇴생을 복학 시킨 전례가 없고,
다른 선생님들의 반대를 이유로..
교장 선생님은 광철이의 복학을 허락 할 수 없다고 했다.

결국 정선생님은 광철이에게 직접 교장선생님을 찾아가 보라고 권했다.
그렇게 광철이는 또다시 교장선생님을 매일 찾아 다녔다.

그런 날들이 얼마나 지났을까...
교장선생님이 정선생님을 불렀다.
"정선생이 책임질수 있어?" 교장선생님이 물었다.
"예. 책임지겠습니다."

그 후 몇번의 교무회의에서 다른 선생님의 반대를 간신히 설득한 끝에
광철이의 복학은 최종 결정 되었다.

이제 광철이도 삼학년이 되었다.
더 이상 아무런 사건, 사고도 없었고 이제 얼마 있으면 졸업이었다.

고등학교 시절의 마지막 가을 소풍.

그런데 여기서 또 다시 사고는 터지고 말았다.

소풍이라는 들뜬 기분에 학생들의 짓궂은 장난이 한 선생님을 화나게 해고,

화를 못 참은 선생님은 소풍 장소에서 학생들에게 체벌을 가했다.

누구의 잘잘못을 떠나 학생들은 감정적으로 흥분 했고,

결국 소풍은 난장판이 되었고.. 그 중심에는 또다시 광철이가 있었다..

사태가 진정된 후 주동 학생들에 대한 징계가 논의 되었다.

광철이는 또다시 퇴학 위기를 맞았다.

다른 선생님들은 정선생님을 몰아 부쳤다.

그렇게 복학을 반대 했더니 결국 억지로 복학 시켜 이런 일을 만든다고...

정선생님은 다시 한번 죄인이 되었다. 그리고 다른 선생님들께 매달렸다...

이제 몇 달 안 남았다고...정말 마지막 한번만 참아 달라고....

결국.. 그렇게..

광철이는 졸업을 하게 되었다.

그리고 이미 나이가 있는 관계로 광철이는 바로 군대에 입대를 했다.
그런데 의외로 군생활이 적성에 맞는지 스스로 장기 근무를 지원하여
하사관이 되었다.

정선생님께 연락은 꾸준히 왔고,
정선생님은 무언가 전보다 많이 활기차고 즐거워하는 광철이를 보게 되
었다.

이제 광철이가 제자리를 잡았구나...
정선생님은 자신의 길을 찾아가는 광철이를 보며 내심 흡족해 했다.
이렇게 둘 사이에 얽히고설킨 인연은 이제 끝난 줄 알았다.

광철이의 군생활도 이미 몇년이 지난 어느 날..
이번에는 느닷없이 결혼을 한다며 애인을 데리고 정선생님 집을 찾았다.
그리고 무조건 정선생님께 결혼식 주례를 부탁 했다.

선생님은 깜짝 놀라며 거절을 했다.
아직 주례 설 나이도, 위치도 안 되었다고....
하지만 광철이는 막무가내였다.
꼭 선생님이어야만 한다고....

그날 둘은 그렇게 결론 없이 고집만 부리다 헤어졌다...

부대로 돌아간 광철이에게 얼마 후 연락이 왔다.

주례사 준비는 잘하고 계시냐고....

선생님은 정말 못하니 다른 사람을 빨리 찾으라고 말했다.

그렇게 전화를 끊었다..

그랬더니 얼마 후 뜻밖에도 광철이 어머님이 찾아왔다.

"광철이가 결혼을 안 한다고 하는데 어쩌면 좋죠?"

"왜 갑자기 결혼을 안 한답니까?"

"정선생님이 주례를 안 서시면 결혼을 안 한답니다...“

"에~이, 설마요?"

"아시잖아요. 그놈의 승질머리... 벌써 예식장도 취소했어요...”

“..........”

"마지막으로 선생님이 딱 한번만 더 우리 광철이 좀 잡아주세요... 네?"

"..........”

결국 돌아오는 일요일 정선생님은 무작정 결혼식장을 찾아가 몇 번이나 남들 결혼식을 지켜봤다.

계속 주례사를 들어보며 자신도 주례 연습을 하기 위해서였다.

그렇게 몇 번을 둘러봐도 마땅한 주례사가 떠오르지 않았다.

무언가 특별한 주례사를 해주고 싶었지만.. 도무지 만들어지지가 않았다.

그리고 끝내.. 정선생님은 결혼식 당일까지 특별한 주례사를 만들지 못한체.. 주례자리에 섰다.

신랑, 신부 입장 및 인사에 이어 주례사를 할 차례가 되었다.
잠시 주춤거리며 버벅거리던 정선생님은 주례사를 시작했다.

"아직 주례를 설 나이도, 위치도 안된 나에게 어째든 주례를 맡겼으니..
이런 주례사가 어울릴지는 모르겠지만......."으로 시작된 정선생님의 주례사는..
지난시절 광철이와의 첫만남부터 그동안에 있었던 일들로 천천히 이어졌다.

광철이가 사고쳤던 일, 자퇴 당했던 일들을 말하자..
여기저기서 하객들의 키득거리는 웃음소리가 터져 나왔다.

하지만 광철이가 집으로 찾아 왔던 일, 교장선생님과의 일화들이 계속 이어지자..
결혼식장의 어수선 하던 분위기는 이내 조용해지고..
정선생님의 담담한 이야기에 모든 하객들이 귀를 기울였다.

그렇게 둘의 인연에 대한 이야기를 모두 끝낸 정선생님은..
이어서 조용히 앉아 있는 하객들에게 물었다.

"제가 왜 광철군을 포기하지 않았는지 아십니까?"

"......"

"저는 젊은 시절 광철군 보다 더 많은 싸움질을 하고 더 많이 부모님을 속 썩였죠.

하지만 이렇게 한 가정의 성실한 가장으로는 잘살아가고 있습니다.

그리고 늠름하고 자랑스러운 군인의 주례 선생님이 되었습니다.

이렇게 부족한 과거를 갖고 있는 저도 이렇게 잘 살아 가고 있고,

누군가에게 필요한 사람이 되었습니다.

여기 이 신랑도 마찬가지로.. 분명히 성실한 가장과 훌륭한 군인이 될 거라 믿습니다.

제가 굳이 신랑의 지난 이야기를 한 것은.. 그의 잘못된 과거를 말한 것이 아니라..

그에게 그런 아픔과 상처가 있기에.. 세상 누군가 비슷한 아픔이 있다면..

그 아픔과 상처를 치유 해 줄 것이라 믿습니다.

하객 여러분.. 저는 오늘 이 자리에 선 것이 자랑스럽습니다.

여기 이 젊은이가 저를 이렇게 자랑스러운 자리에 세워주었습니다.

이런 자랑스러운 자리에 저를 세워준 이 제자가 너무도 자랑스럽습니다.

일곱 번째 이야기 : 고맙지 않은 사람이 어디 있으랴...

오늘 이렇게 많이 모이신 일가친척, 직장동료, 선후배, 여러 모든 분께
이 당당한 젊은이의 결혼 소식을 자랑스럽게 소개하며 주례사를 마칩니
다.”

주례사를 마치자 결혼식장이 떠날듯한 박수와 환호성이 쏟아졌다.

그들은 그렇게 서로에게 자랑스러운 선생님과 제자가 되어 있었고,
결혼식에 참석한 많은 사람들은.. 아주 특별한 주례사를 들을 수 있게 되
었다.

잊을 수 없는.. 인생의 선배..
– 누군가를 후배로 아끼고 사랑한다는 것은 이런 것...

어느 누군가를 아끼고 사랑한다는 것은 이런 것이라는 것을..
직접 행동으로 가르쳐준 선배가 있습니다.

단지 한 달을 만났던 인연 때문에 십년이 더 지나서도..
늘 인생의 선배를 떠올리면 가장 먼저 떠오르는 선배..

오랜만에 '이'선배에게 전화가 왔습니다.
전화를 걸어 온 선배의 목소리는 이미 술에 많이 젖어 있었습니다.
"어, 술 한잔 더하려고 장소 옮기다가 생각나서 전화 했지."

계속 이어지는 선배의 술 취한 목소리..
"어떤 위로나 충고도 하지 말고 그냥 들어. 신세한탄 하는 거니까. 사업
그만두고 고향 내려가고 싶다.."
".........."

길거리인 듯 지나가는 차들의 경적 소리가 선배의 안타까운 이야기 속
에 섞여 들렸습니다.

일곱 번째 이야기 : 고맙지 않은 사람이 어디 있으랴...

그리고 얼마 동안 더 선배의 이야기가 계속 되었고 갑자기 화제를 바꾸어 말했습니다.

"야, 근데 너와 나는 한 달도 안 만났던 사이인데 왜 그렇게 가깝게 느껴지냐? 그것도 벌써 십 년이 훨씬 넘었잖아. 너도 그래?"

그렇습니다. 저 역시도 그렇습니다.

그 선배는 채 한 달도 함께 하지 않은 사이였지만 그를 잊을 수가 없습니다.

아니 어찌 그를 잊을 수 있겠습니까...

살다 보면 수없이 많은 사람을 만나고 또 헤어지기를 반복하지만..

그래도 그 속에선 유독 잊지 못하는 추억과 사람이 있습니다.

저에게도 결코 잊혀지지 않는 선배가 계신데 바로 그 선배가 그렇습니다.

대학을 막 입학 했을 때..

이런저런 이유로.. 저와 세상은 극과 극으로 대립했고..

저는 누구와도 대화를 거부하던 때였습니다.

그래서 그 누구와도 나누지 못할 말들이 가슴속에 너무 많다고 혼자 생각 했었기에..

학교생활에 겉돌고 있었습니다.

지금 생각하면 어린 시절의 어설프고 유치한 반항이기에..

어쩌면 부끄러울 수 있는 일이지만 부끄러운 줄도 모르고..
온갖 진지한 고민을 혼자 하고 있었습니다.

수업을 듣는 대신 대낮부터 막걸리를 온갖 폼을 잡으며 김치와 함께 마시며..
건방진 날들을 보내던 저는 우연히 선배 한 분을 만나게 되었습니다.

제가 중학교 시절부터 알고 지내던 친구 녀석이..
어떤 동아리를 가입하라며 제 자존심을 건드렸습니다.
최소한 그 때는 그렇게 자존심이 상해 오기로 그 동아리를 찾아가게 되었습니다.

오랜 외로움을 겪은 뒤라.. 건방진 제 눈에는 학생 동아리라는 것이 조금 어설프고 철없이 보였습니다.
그래서 니들끼리 놀아라... 라는 마음으로 별로 어울리고 싶지 않았었습니다.

그런데 그 친구 녀석이 붙잡더군요..
멋진 선배가 있다고 자랑하면서 저에게 은근한 유혹을 했습니다.

그래서 저는 속으로 '뭐가 그렇게 대단한 사람이 있냐?..
'내가 별것 아니라는 걸 증명해 줄게..'

일곱 번째 이야기 : 고맙지 않은 사람이 어디 있으랴...

저는 속으로 지난번 신입생 환영회 때 학생회를 뒤집어 버린 것처럼 그 동아리도 뒤집어 버리겠다고 내심 생각하고 동아리 방 초대에 응했습니다.

물론 지금 생각하면 무척 철없고 건방진 생각입니다.
하지만 그 때의 저는 그랬습니다.

개인적인 사정으로 학창시절부터 아주 특별한 세상 경험을 했었기에..
같은 또래가 조금은 만만하게 생각 되던 때였습니다.

약속된 그 날 동아리 방으로 갔고..
그때 바로 제가 잊지 못 할 그 선배가 그 자리에 함께 있었습니다.

저에게 몇 가지 질문을 던졌고.. 몇 가지 자신의 생각을 넌지시 말했던 사람..
나에게 그 때까지 막연히 생각 했던 세상을 좀 더 구체적으로 말해 주었던 사람..

그 무엇보다도 한참 어린 후배를 아주 다정히..
그리고.. 후배라고 무시하지 않고.. 아주 깍듯이 대해주었던 사람..
정말 순수하다.. 정말 좋은 사람이라는 생각이 절로 들게 해주었던 사람..

그날 저는 그 선배에게 신선한 감동을 받았고..
결국 술자리를 함께하게 되었습니다.

분명 그날 제가 그 자리에 갔던 것은..
내가 그 동아리와 함께하지 못하는 이유를 보여 주고 싶어서였는데..
오히려 제가 그 사람들에게 동화 되어 그 사람들과 함께 한 것입니다.

저는 그날 그 선배와 많은 건배를 했고.. 막걸리 병을 마이크 삼아 노래
까지 불렀습니다.
그 선배는 제 노래를 너무 마음에 들어 했고.. 급기야 저는 몇 곡조의 노
래를 더 하게 되었습니다.

우리의 첫 만남이 그랬습니다.
첫 만남부터 저는 그 선배에게 동화되기 시작 했습니다.

군대를 다녀온 선배지만.. 어린 후배들을 존중하고, 당구를 치지 않고,
대중가요를 부르지 않았던..
그 선배를 자연스럽게 좋아하게 되었고..
그 선배는 저에게 '선배란 무엇인가'를 서서히 느끼게 해준 사람이었습
니다.

후배들에게 늘 다정하고 너그러운 사람이지만..
어떤 자리에서 후배들이 대중가요를 부를 때면..

일곱 번째 이야기 : 고맙지 않은 사람이 어디 있으랴...

그것은 자신에겐 맞지 않는다며 고개를 흔들며..

그건 '자본주의의 사치'라며 자기에게만 엄격 했던 선배..

후배들에게는 자신이 부르고 싶은 노래를 하라고 하며.. 금기를 풀어주면서도..

자기 스스로는 자신이 말한 금기를 지켰던 사람..

그런 선배가 최소한 저에게는 흔하지 않았던 사람이었습니다.

선배는 학생운동을 하다가 다른 학교에서 제적당하고..

우리 학교에 새로 입학한 늦은 학생이었기에.. 후배들이 대하기 어려울 수도 있었고..

어찌 보면 참으로 재미없고 고리타분한 선배였지요..

모든 유흥을 거부하기도 했던 사람이었으니..

그렇게 그 선배와 만나자마자 마음이 맞아 매일 함께 붙어 다니기.. 얼마 후..

느닷없이 저에게 입대 영장이 날아 왔습니다.

너무도 안타까운 마음이 들었습니다.

이제 한 사람을 만났는데..

내 평생 처음으로 인생 이야기를 나누게 된 선배를 만났는데..

아직도 선배에게 배울 것이 너무 많고 할 이야기들이 너무 많았는데..

며칠간의 고민 끝에 저는 군대를 떠나기로 마음먹었습니다.
군대를 가면 모든 청춘이 끝나는 것처럼 우울해 했던 그 날의 송별회.

나는 그 때 그 선배가 보여 준 후배를 향한 '남자의 눈물'을 두 번 다시 보지 못한 것 같습니다.
저는 의외로 담담하고 무덤덤했지만 오히려 그 선배가 눈물을 흘렸습니다.
내 인생에서 그렇게 쉽게 짧은 만남으로 나를 위해 울었던 선배를 본 것은 그 때가 처음이었습니다.

한편으로는 의아하기도 했습니다.
선배가 고작 한 달 밖에 만나지 않은 후배 때문에 눈물을 보인다는 것이..
지금 생각하면 그 시절의 그 눈물이..
평생 가장 순수한 시절의 가장 순수하게 새겨진 추억의 방울들일 것 같습니다.

그 선배는 입대하며 떠나는 저에게..
휴가 나오면 자기를 꼭 찾으라고 당부 했습니다.

그리고 정말 설레고.. 가슴 뛰는.. 첫 휴가..
나에게 '선배란 무엇인가'를 알게 해준 그 분은..
누군가를 아낀다는 것은 어떤 것인가를 또다시 자연스레 가르쳐 주었습

일곱 번째 이야기 : 고맙지 않은 사람이 어디 있으랴...

니다.

입대한지 일 년 만에 첫 휴가를 나오던 날..
강원도 철원에서 버스를 타고 출발해서 서울에서 내렸습니다.

다시 고향으로 내려가는 버스를 타야 했지만..
고향으로 가지 않고 서울에 올라와 계신 선배에게 연락을 했습니다.

물론 입대 하는 날 휴가 나오면 꼭 자기를 찾으라고..
당부했기 때문만은 아닙니다.

선배가 그런 당부를 하지 않았어도 저는 그를 찾을 수밖에 없었습니다.
비뚤어져 있던 저에게 감동이란 무언가, 사람을 아낀다는 것은 어떤 의미인가를..
하나씩 가르쳐 주었던 그를 결코 찾지 않을 수 없었습니다.

서울에서 만난 우리는 굳은 악수를 나눈 후 여기저기를 돌아 다녔습니다.
선배의 손에 이끌려 난생 처음 대학로라는 곳을 구경 갔었고..
연극을 하는 사람들과 거리의 악사를 보았습니다.

그리고 한참을 돌아다닌 끝에..
늦은 밤 선배의 작고 어지러운 자취방에서 우리는 마주 앉았습니다.

선배는 내가 군대 가는 날부터..
나의 휴가를 위해 준비해둔 선물이 있다고 했습니다.

이윽고 선배는 그 선물을 공개 했습니다.
책상 위에 있는 세 개의 커다란 병중에 하나의 병을 내려 들었습니다.
그 커다란 병은 바로 담근 술이었습니다.

선배는 내가 군대 가는 날 술을 담가 두었다고 했습니다.
내가 일년에 한번씩 휴가 나오면 주고,
또 제대하고 오면 주려고 술 세 병을 담가 두었다는 것입니다.

아! 도대체 이 부분에 대해서 제가 무슨 말을 할 수가 있겠습니까?

선배가 담가 놓은 술 중 한 병의 뚜껑을 열었습니다.
그의 가슴속에 담아 둔 후배에 대한 사랑도 함께 열렸습니다.

그날 밤 우리는 함께 그 술을 마셨습니다.
인생을 살며 많은 술을 마셨지만 그 때 그 술자리는 평생 잊을 수 없을
것 같습니다.

누군가를 3년을 두고 그 사람과의 만남을 기다린다는 것,
3년 후의 그를 위해 술 한 병을 준비 한다는 것....
얼마나 큰 너그러움이고 얼마나 큰 후배에 대한 사랑 입니까..

일곱 번째 이야기 : 고맙지 않은 사람이 어디 있으랴...

도대체 세상에서 이토록 값지고 귀한 술이 어디에 있을까요....

이튿날 고향으로 내려가는 저에게 선배는 책 한 권을 쥐어주었습니다.
꾸준히 너의 감을 유지해야 한다며 전해준 책입니다.
이 책은 아직도 제 책장 한쪽에 꽂혀 있습니다.

거꾸로 매달아도 국방부 시계는 돌아간다는 말처럼..
긴 세월을 지나 저는 제대를 했습니다.

학교를 복학 했지만 더 이상 그곳에 선배는 없었습니다.
이제는 제가 선배가 되어 있었습니다.

하지만 선배는 저를 그렇게 가슴으로 가르쳤지만..
난 후배에게 그런 사랑을 가르쳐 주지 못했습니다.
애초에 난 선배만큼의 너그러움과 사랑을 갖고 있지 못한 사람이었습니다.

그리고 또다시 한해가 지나 종강이 되었고..
이제 겨울 방학이 시작 되었습니다.

방학이 되자마자 저는 고향과 많이 떨어진 머나먼 외지로 아르바이트를
하러 갔습니다.
전혀 낯선 객지의 겨울 들판에서 전봇대를 메고 다니는 일은 참으로 춥

고도 외로웠습니다.

허름한 곳에 정해 놓은 숙소는 늘 시끄러웠고..

저보다 한참이나 나이가 많은 분들과 함께 생활 한다는 것은 별로 재미

있지 않았습니다.

그러던 어느 날.

그날은 겨울에 태어난 나의 생일이었고..

일을 마치고 숙소로 들어선 저는 숙소 아주머니로부터 연하장을 전해

받았습니다.

선배가 보낸 연하장을 읽은 후..

담배를 한대 피워 물고 숙소 앞으로 나갔습니다.

객지에서 받는 연하장은 저에게 왠지 모를 외로움과 서글픔과 반가움으

로 뒤섞여..

저의 감정을 혼란스럽게 만들었습니다.

그 때 눈이 내렸습니다.

눈이 내린다는 것은 누구에게든 특별한 감정이 될 수 있겠지만..

저에게는 더더욱 특별한 감정으로 다가왔고,

선배는 저에게 그렇게 더욱 더 특별한 기억의 자리에 차지하게 되었습

니다.

일곱 번째 이야기 : 고맙지 않은 사람이 어디 있으랴...

고향에서 떨어져 혼자 보내는 눈 내리는 겨울밤의 생일..

그런 외로운 날도.. 선배는 잘 지내고 있냐는 따뜻한 엽서 한 장으로 저를 찾아 왔습니다.

단 한 달 만난 후배를 위해 몇 년이 더 지났음에도..

그 생일을 기억하고.. 후배에게 감동 깊은 편지를 보내주는 사람..

눈은 계속 내렸고..

저는 품안에 넣어 둔 편지를 몇 번이고 꺼내 읽었습니다.

어느새 세상은 온통 흰 눈에 덮여버렸고..

까마득히 눈발이 흩날리는 하늘 위에 선배의 얼굴이 그려지고 있었습니다.

그래도 괜찮다고.. 말해 줄 것 입니다..
- 누구에게든 '나'라는 사람 때문에 살아가는 사람이 있습니다..

초저녁 무렵 욱태는 두둑한 돈뭉치를 주머니에 넣고 버스에서 내렸습니다. 고향에 돌아온지는 지난 명절이후 근 8개월만입니다.

원래 전국을 떠돌아 다니며 막일을 하는 그였지만 이번에는 유난히 고향에서 멀리 떨어진 곳에 있었습니다. 그래도 이번에 있던곳은 적잖이 욱태의 마음에 들었습니다. 물론 일이 쉬웠던건 아니지만 함께 있던 사람들이 그런데로 욱태의 마음에 들었던 것입니다.

우선 무엇보다 싸움을 하지 않아서 좋았습니다. 객지에서 낯선 사람들과 어울려 일하다 보면 으레 술 몇 잔에 감정이 격해져 주먹을 휘두르다 마지막은   겨나다시피 다른 곳으로 옮겼는데 이번만은 그러지 않았습니다. 적당히 술을 마셨다 하면 새롭게 만난 후배 녀석이 욱태를 따로 빼돌리곤 했습니다.

욱태가 그런 후배 녀석이 밉지 않았던 것은 우선 녀석은 별 볼일 없는 욱태 자신의 이야기를 늘상 귀 기울어 주었기 때문이었습니다. 탄광 막장에도 있었다, 배도 탔다, 산속에 약초도 캐러 다녔다는 별거 아닌 얘기를 자랑스레 떠벌리면 녀석은 매우 흥미 있게 질문까지 곁들이며 들어주곤 했습니다.

게다가 중학교를 중퇴한 자신을 대학생인 후배녀석이 형님, 형님하며 이것저것을 물어보면 욱태는 괜스레 기분이 좋아지곤 했습니다.

그래서 욱태는 다른 사람일은 몰라도 그 후배녀석의 일은 참으로 많이 도와줬습니다. 그럴때 마다 그 녀석은 즐겁게 웃어보이며 형을 찾았고, 욱태는 처음으로 누군가가 자신을 피하지 않고 좋아한다는것을 느꼈습니다.

사실 이곳에 있는 다른사람들과도 싸움은 하지 않았지만 사이가 그리 좋은것은 아니었습니다. 은근히 사람들은 떠돌이인 욱태를 무시하면서도 두려워 했습니다.

아무리 막일패라 해도 그 나이에 별다른 기술도 없이 몸뚱이 하나로 힘쓰는 일만 골라서 하는 욱태가 당연히 사람들에겐 한심해 보였을테지만 우연찮게 욱태가 폭력전과 3범이라는 사실을 알고는 차마 함부로 대하지는 못했습니다.

게다가 몸으로 해야 하는 힘든일이 많은 이곳에서 일 할때만은 가장 열심히 땀을 흘리며 미련스럽게 일을 하는 욱태에게 무어라 할 만한 상황은 아니었습니다.

그래서 이곳의 작업 반장도 이번에 명절을 지내려 고향으로 향하는 욱태에게 명절후에 꼭 다시 돌아오라고 신신당부를 했습니다. 원래 이런 곳에서는 명절을 지내고 난후 일꾼들이 돌아오지 않는 경우가 많기 때문이기도 했지만 욱태가 그만큼 필요하기도 했기 때문입니다.

고향에 돌아오기 전날 후배 녀석이 욱태에게 물었습니다.
"형! 이번에 돈 받은 걸로 뭐 할 거야?"
"응. 지난번에 못해준 어머니 금이빨 두개를 이번에는 꼭 해 줄 거야..."
"형님이?.....하하하...."
후배는 이유 없이 크게 웃어댔습니다.

다른 사람이 자신의 말을 듣고 웃어댔다면 벌써 한번 쥐어박았을 욱태였지만 그는 아무 말도 하지 않았습니다. 하긴 그 후배가 웃을 만도 했을 것입니다.

다른 일꾼들과는 전혀 다르게 평소에 가족과의 연락이 전혀 없는 욱태가 뜬금없이 어머니 금이빨을 이야기 했으니 안믿어질만도 할 것입니다.

하지만 그말은 욱태의 진심이었습니다. 버스가 정류장에 도착 했을 무렵 욱태는 다시한번 주머니속의 돈뭉치를 만져 보았습니다. 변함없이 두둑한 것이 기분이 좋았습니다. 욱태는 그런 기분좋은 맘으로 버스에서 내렸습니다.

일곱 번째 이야기 : 고맙지 않은 사람이 어디 있으랴...

버스에서 내린 욱태는 잠시 망설였습니다. 아직은 초저녁. 나이를 먹은 후 한번도 저녁 시간엔 집에 들어가 보지 않았던지라 이렇게 이른 시간에 집으로 들어가기가 왠지 어색해졌습니다. 잠시 주저하던 욱태는 고향에 올때 마다 가끔식 들리는 당구장으로 향했습니다.

오랜만에 들어선 당구장에는 주인과 또 다른 얼치기 친구 한명을 빼고는 모두 모르는 사람들뿐이었습니다.

잠시 당구장을 어슬렁이던 욱태는 한쪽에서 포커를 치고 있는 패거리에게로 다가가 이내 자리를 비집고 들어가 구경꾼 틈에 함께 앉았습니다. 그리고 몇 번 판이 돌아가는 모습을 지켜보았습니다.

얼마후 한사내가 돈을 모두 잃고 자리에서 일어 섰습니다. 그래도 판은 변함없이 돌아가고 있었습니다.

"들어 오실라우?"
패를 잡고 있는 사내가 욱태에게 느닷없이 물었습니다. 포커를 좋아하는 욱태였지만 바로 대답을 하지 못했습니다.

지난 명절 때에도 월급 탄 돈 모두를 포커판에서 날린후 결국 집에도 들어가지 못하고 여관방에서 명절을 보낸 후 고향을 떴던 기억이 있었기 때문이었습니다.

그때도 욱태는 어머니 금니를 해주겠다고 마음 먹고 고향에 돌아 왔지만 돈을 모두 잃어 차마 어머니를 빈손으로 찾지 못해 집으로 들어가지 않았습니다.

"욱태, 어쩐 일로 네가 빼냐?"
오래전부터 알고 있는 당구장 주인이 빈정대듯 말했습니다.
"........"
욱태는 아무 대답을 하지 않았습니다.
"명절 전에 그냥 재미있게 놀면서 떡값이나 만들어 봅시다......"
또다른 사내가 말했습니다.
".......내꺼도 돌려......"

'욕심없이 딱 십 만원만으로 아홉시까지만 놀다가자.....' 포커판에 끼어 든 욱태는 속으로 결심 했습니다. 그런데 이게 웬일입니까... 지난번에 잃은 돈이라도 만회하듯 욱태에게 돈들이 쌓였습니다. 이렇게 가다간 어머니 금이빨뿐 아니라 금목걸이까지 살수 있을 것 같았습니다.

어느덧 자꾸만 쌓이는 돈을 보니 욕심 없이 놀다가겠다는 생각 보다 지난번 명절 때 못 들어간 대신 이번에 아주 어머니 금목걸이까지 해드려야 겠다는 욕심이 들었습니다. 기분이 좋아지고 자신감이 생긴 욱태는 점점 긴장이 풀리며 판이 만만해 보이기 시작 했습니다.

시계를 힐끗 본 욱태는 판을 빨리 '마무리 하겠다'라는 생각으로 판돈을

일곱 번째 이야기 : 고맙지 않은 사람이 어디 있으랴...

올렸습니다. 게다가 돈을 잃은 사람들의 재촉으로 판돈은 점점 커져만 갔습니다. 이제 판돈은 더 커져 한판에 수 십 만원이 오고 갔고 또, 어느새 백 만 원이 넘어 버렸습니다.

그리고 몇 판이었을까.... 세 판이던가, 네 판이던가......정말 믿어지지 않게 단 십여 분만에 욱태는 자신이 딴 돈뿐 아니라 주머니속의 돈뭉치 까지도 모두 잃어 버렸습니다.

두 판 정도 크게 잃어버린 돈에 대한 미련 때문에 더더욱 무리하게 판돈을 키운 것이 화근이었습니다.

그 몇판 모두 상대는 욱태 보다 단 한 끗 높은 패를 들고 있었습니다. 모두 아쉬운 패배여서 미련이 컸기에 판을 무리하게 키웠는지도 모릅니다.

욱태는 잠시 정신이 멍해졌습니다. 아무 생각도 나지 않았습니다. 누군가 욱태에게 몇 만원을 내밀었습니다.
"오늘 여기서 밤 세 울 테니 억울하면 다시 돈 가져와 붙으쇼...."

욱태는 당구장을 나섰습니다. 차비조로 몇 만원을 얻었지만 도저히 집으로 돌아갈 수 없을 것 같았습니다. 일단 목적지 없이 막연히 걸었습니다. 그런데 얼마를 걷다 보니 자신도 모르게 발길은 집으로 향하고 있었습니다. 그래도 집으로 가야한다는 생각은 들지 않았습니다.

담배를 한대 물고 피우기 시작 했습니다. 담배 연기를 내뱉다 무심결에 앞을 보았습니다. 도시의 한 켠에 어느덧 달이 떠있었습니다. 환한 보름달이었습니다.

문득 욱태는 산속에서 길을 잃었을 때 보았던 그 달이 생각났습니다.

욱태가 산에 약초를 캐러 다닐 때였습니다. 그때도 가방에 약초를 담을 자루와 소주 됫병을 담아 산으로 들어가 약초를 캤습니다.

그날따라 약초가 많아 자루에 가득 담도록 캐고 보니 이미 날은 어두운 저녁 이었습니다. 급하게 내려올려 해도 약초 자루 때문에 도저히 빨리 산을 내려갈 수가 없었습니다. 하지만 억지로라도 자루를 끌고 내려오려다 그만 넘어지고 말았습니다.

통증이 왔습니다. 발을 삔것 같았습니다. 도저히 걸을수가 없어 욱태는 그냥 주저 앉고 말았습니다. 가방에서 먹다남은 소주를 꺼냈습니다. 자루에 기대어 소주를 마셨습니다. 왠지 서글픔에 눈물이 날 것 같았습니다.

그때 문득 올려다본 하늘에도 달이 떠있었습니다. 둥근 보름달이었습니다. 달빛은 포근했고 괜스레 오랜만에 어머니 생각이 났습니다. 계속 달을 보고 있자니 마음이 편해지면서 두려움과 외로움도 가라앉았습니다. 그 밤 그는 그렇게 달을 보며 잠이 들었습니다.

일곱 번째 이야기 : 고맙지 않은 사람이 어디 있으랴...

오늘 또 이렇게 우연히 달을 본 욱태는 그냥 집으로 들어가고 싶다는 생각이 들었습니다. 그러고 보니 어느덧 집에서 멀지 않은 곳까지 자신이 와있었습니다.

집에 들어온 욱태는 늦은 저녁을 억지로 먹었지만 또다시 기분이 좋지 않았습니다. 동생 녀석이 먼저 집에 와 있었습니다.

그 동생은 욱태가 오랜만에 왔지만 별로 반가운 기색이 없었습니다. 오히려 왜 왔냐는듯한 눈길이었습니다. 하긴 그럴 만도 했습니다. 늘 자신을 대신해 부모님을 보살폈고 집안 문제들을 해결 해왔으니까....

어릴 적부터 그랬던 것 같습니다. 자신이 부모님에 얼굴에 늘 주름살이 되었다면 동생은 늘 부모님의 얼굴에 웃음이 되었던 것 같습니다. 그렇기에 동생을 원망 할 순 없지만 그래도 왠지 서운한 마음은 지울 수가 없었습니다.

게다가 아들이 왔다고 반갑게 웃는 어머니의 얼굴에서 빠져있는 이빨들을 보니 또다시 아까 포커판에서 잃어버린 돈뭉치가 생각 났습니다.

사실 어머니의 그 빈 이빨도 자신이 무언가 잘못을 했을 때 아버지에게 두둘겨 맞는 아들 때문에 그걸 막으려다 날아오는 아버지의 주먹을 피하지 못하고 그리 되셨던 것입니다.

그래서 어머니의 비어있는 이빨을 보니 잃어버린 돈이 더 아쉽고 속상했습니다.

욱태는 그 속상함을 억지로 가라앉히며 대충 손발과 얼굴을 씻었습니다. 씻고 난 욱태는 얼굴을 닦다가 자신의 손톱이 몹시 길어져 있는 것을 보았습니다. 손톱을 깎자고 손톱깎기를 찾으려고 어머니의 서랍들을 뒤졌습니다.

그런데 이게 왠 일 입니까.
어머니의 한 쪽 서랍 속에 돈뭉치가 있는 것이었습니다.

갑자기 잃어버린 돈이 생각났습니다. 그리고 아까 그들이 욱태에게 '밤 세울 테니 돈을 갖고 오라'는 말이 생각났습니다.

또한 한참 많이 따다가 막판 몇 번의 실수 때문에 돈을 잃어버린 그 순간이 떠올랐습니다. 욱태는 잠시 망설이다 그 돈을 집어 들고 당구장으로 향했습니다.

당구장으로 향하는 길에도 보름달은 떠있었고 그저 욱태의 발길을 조용히 바라보고만 있었습니다.

다시 당구장으로 들어온 욱태를 그들은 반가이 맞아 주었습니다. 욱태는 곧바로 판에 끼어들었습니다. 이번에 욱태는 처음과 달리 생각 했습니다. '무리만 하지 말고 실수만 하지 않으면 돼... 아까도 한참 많이 땄었잖아...나의 실수라구....'

그래서 욱태는 이번에는 무리하지 않고 조금 조금씩만 돈을 걸었습니다. 그런데 이번에는 아까와는 틀리게 돈이 좀처럼 모이지 않았습니다. 오히려 돈이 조금씩 줄어들 뿐이었습니다.

아무리 신중하게 한다고 해도 좀처럼 자신이 이기지를 못했습니다. 자신의 패가 괜찮다고 생각되면 상대는 포기를 해 버렸고 자신의 패가 크게 좋지 않으면 상대는 따라 붙었습니다.

어느덧 돈이 꽤 많이 줄어들었습니다. 그런데 욱태는 어느 순간부터 자신의 등 뒤에 어떤 뜨거운 눈길이 자꾸만 느껴진다는 생각이 들었습니다. 그리곤 등뒤의 사내가 자꾸만 계속 코를 매만진다는 생각이 들었습니다.

그런데 천으로 덮혀진 유리 탁자의 한 귀퉁이가 조금 덜 덮여져 있었고, 코를 만지는 사내가 자신의 패를 몰래 살펴 본 후 코를 만지는 것이 그 유리판에 어슴푸레 보였습니다.

그렇습니다. 판을 구경한다며 둘러싸고 있던 사내중 하나가 자꾸만 욱태의 패를 상대방에게 사인으로 알려 준 것입니다.
"니들 지금 다 죽을려구 짜고 치지....."

욱태는 고함과 함께 갑자기 판을 뒤엎었습니다. 그리고 그 사내들에게 주먹을 날렸습니다. 순식간에 일어난 일입니다. 사람들이 당황하는 순간 욱태는 돈뭉치를 대충 챙겨 넣고 재빨리 자리를 떴습니다.

그제서야 사내들이 정신을 차리고 욱태를   았습니다. 욱태는 자신을 잡으려고 다가오는 그들에게 당구공을 마구 집어 던졌습니다. 누군가 비명 소리와 함께 피를 흘리는 것 같았습니다. 하지만 욱태는 더이상 머뭇거리지 않고 재빨리 당구장 밖으로 뛰어 나갔습니다.

얼마를 뛰었을까요....
또다시 욱태는 혼자 터덜터덜 걷고 있었습니다. 이번에도 보름달만이 욱태를 조용히 따르고 있었습니다. 어디로 갈가 망설이다가 욱태는 우선 어머니에게 돈이라도 전해 줘야 겠다는 생각으로 다시 발길을 집으로 향했습니다.

집에 거의 다 왔다고 하는 순간 어디선가 두런두런 하는 귀에 익은 목소리가 들렸습니다. 당구장에서 만난 그들이었습니다. 그들이 욱태의 집을 찾아온 것입니다. 그들은 쉽게 집을 떠나지 않고 욱태의 집 앞에 숨어 있기로 한 것 같습니다.

그들을 피해 뒷길로 돌아 집 뒤켠으로 온 욱태는 그냥 담벼락에 기대어 풀썩 주저앉았습니다. 보름달이 또다시 욱태를 비춰주고 있었습니다. 언제나 그렇듯이 달빛이 따뜻하게 느껴졌습니다.

어린 시절에도 욱태가 갈 곳 없이 뒷산에 쭈그리고 앉아 있을 때도 그랬습니다.

그때는 정월 대보름이었습니다. 어린시절 욱태의 집은 시골이었습니다. 친구들과 쥐불놀이를 하던 욱태는 그날 밤 초저녁에도 아버지에게 혼이 났습니다. 쥐불놀이 한다며 나무판자로 된 담벼락을 다 뜯어낸 욱태를 보고 아버지가 화를 내신 것입니다. 그래도 욱태는 마냥 즐겁게 쥐불놀이를 했습니다. 그리고 거의 한밤중이 다 되었습니다.

쥐불놀이의 마지막을 멋지게 장식하는 불씨가 담긴 깡통 던지기....

욱태는 불씨가 담긴 깡통을 힘차게 던졌습니다. 그런데 너무 힘차게 던진 나머지 그 깡통은 그만 욱태의 집 초가 지붕위에 떨어졌습니다. 어린 욱태가 어쩔 줄 몰라 하는 사이 바람은 적당히 불었고 불은 번지기 시작했습니다.

불이 점차 커지면서 난리가 났습니다. 아버지의 성질을 익히 아는데다 겁까지 난 욱태는 그냥 뒷산으로 도망을 쳤습니다.

그날 밤 사라져버린 욱태를 찾아 어머님이 아무리 소리를 질러 불렀지만 아무런 대답이 들리지 않았습니다. 따스한 달빛 속에 잠이 들어 버린 것입니다.

두 가지나 큰일을 저지른 욱태는 도저히 집에 들어 갈 수가 없었습니다. 그냥 산속에 있기로 했습니다. 하지만 너무도 배가 고팠습니다.

그런데 어떻게 아셨는지 어머니가 찾아왔습니다. 아버지가 너무도 무서운 욱태는 집에 들어가지 않겠다고 고집을 부렸습니다. 어머니는 더 이상 채근하지 않고 그냥 산을 내려가시더니 밥을 싸들고 욱태에게 돌아오셨습니다.

그렇게 며칠 밤이었을까요... 어머니는 계속 밥을 해가지고 오셨고 달빛 속에서 욱태를 꼬옥 안아 주었습니다. 그때도 보름달이었고 달빛은 따스했습니다.

잠시 딴 생각을 하곤 있던 욱태에게 뒤안으로 누군가 오는 소리가 들렸습니다. 부모님들이셨습니다. 아버님은 담배를 피우셨고 어머니는 그냥 무슨 말을 하시는 것 같았습니다. 이런저런 얘기끝에 어머님이 아버님께 말씀 하셨습니다.

"욱태에게 돈 좀 해줘야겠어요...."
"돈이 어딨어?"
"이번에 상태가 금니 하라고 준 돈 있잖아요..."
"그건 당신 금니 꼭 하라고 상태가 몇 번이나 말했던 거잖아.."
"나야 노인네가 무슨 금니가 필요 하겠어요..."
"아니. 도대체 욱태에게 돈은 왜 해줄라구?"

일곱 번째 이야기 : 고맙지 않은 사람이 어디 있으랴...

"당신은 젊은 애가 이빨도 없이 돌아다니는 것이 좋아요...."

"그건 그놈이 싸움질 하구 돌아다니다 그런 거니까 자기가 해야지"

"됐어요...아무튼 그렇게 알아요..."

"......."

살면서 한번이라도 보름달을 떠올려본 사람이라면 십년 전이나 지금이나 보름달은 늘 '따스하다'라고 생각 할 것입니다. 지금 욱태의 보름달도 그랬습니다. 그런데 욱태의 어머니는 서랍속의 그 돈이 없어졌다는 걸 알고 계실까요? 아니면 모르고 계실까요?

아마...알고 계시다면 그 돈은 보름달에 숨겨 뒀다고 생각하지 않으실까요. 어머니의 그 비밀을 보름달만은 알고 있을 것 입니다.

세상 만물에 봄이 오는데... 올해도 변함없이 봄이 왔는데.. 어느덧 벌써 봄이 왔는데..

나는 여전히 겨울이구나.. 나에게만은 아직 봄이 오지 않는 구나..
여전히 햇빛은 눈부시도록 아름다운데.. 나만 혼자 겨울이구나..
그래서 오히려 왈칵 그 눈부신 햇빛 때문에 눈물이 날 수도 있구나..

그렇습니다. 누군가는 이 아름다운 봄 햇살이 너무도 아름다워 오히려 왈칵 눈물을 흘릴 수도 있습니다.
정말 그 눈부신 햇살이 내 처량한 처지에 서러움을 더해줄 수 있는 시절
인 것 같습니다.

하지만.. 만약 누군가에게 아직 어머니가 계시다면..
그것만으로 열심히 살아야 할 충분한 이유가 됩니다.

어머니는 늘 자식을 믿고 기다리고 있습니다.
자식이 어떤 순간, 어떤 위치에 어떤 모습으로 있을지라도..
어머니는 가장 착하고 좋은 아들로 믿고 있습니다.

만약 지금 몇 년째 취업을 못하고 있다고 해도..
어머니는 분명 이렇게 생각할 것이다.
'더 크게 성공하기 위해 준비하는 시간이 많이 걸리겠지.'

또 만약 지금 실직 상태라면..
더 좋은 직업을 얻기 위해 쉬고 있다고 믿을 것이고,
지금 멋지게 성공하고 있다면 더 더욱 크게 성공 할 거라 믿을 것입니다.

굳이 세상의 성공이 아니라 해도 마찬가지입니다.
어머니는 분명 '무언가 이유가 있겠지'..
'그럴 수밖에 없었겠지'.. '오죽하면 그랬을까'.. 하며 언제나 자식의 편에
서서 이해하고 믿을 것입니다.

일곱 번째 이야기 : 고맙지 않은 사람이 어디 있으랴...

아직 어머님이 자신의 곁에 있는 한..

인생의 승부는 아직 끝나지 않은 것입니다.

늘 변함없이 내편에서 나를 믿고 기도하는 사람이 있기에..

또다시 세상 속에 힘차게 살아가야 할 이유도 남아 있는 것입니다.

지금 이 순간에도 어머니는 당신의 얼굴을 떠올리며 빙그레 웃고 있습
니다. 잘 할 거라고, 잘 할 수 있을 거라고, 잘 해나 가고 있다고... 지금
이 아니더라도 언젠가는 반드시.......

그 누구에게든 '나'라는 사람 때문에.. 살아가는 누군가가 있습니다.

내가 외롭고 힘들지라도 나를 사랑해주는 그 사람은..

그래도 당신을 좋아한다고.. 그래도 괜찮다고.. 말해줄 것입니다.

세상의 모든 어머니가 그러합니다..

언제나 당신을 믿고, 당신을 위해 기도하며..

그래도 당신을 좋아한다고.. 그래도 괜찮다고.. 다독여줄 것입니다.

그래서 아직 어머님이 곁에 있는 한.. 인생의 승부는 끝나지 않은 것입니
다.

비록 지금 바로 옆에 있지 않더라도.. 어머니라는 존재가 있는 한..

언제 어디서나 어머니는 나와 함께 합니다.

그리고 나를 믿어주고 나를 응원합니다.

단지 '어머니'이기에..

단지 '어머니'니까..

일곱 번째 이야기 : 고맙지 않은 사람이 어디 있으랴...

20여 년 동안 책을 선물해 주었던 그 사람에 대해..
- 그가 몇 권의 책과 함께 남겨주고 간 것은...

살면서 몇몇 사람들에게서 책 선물을 받았습니다.
선물한 사람이나.. 선물 받은 모든 책이 소중하지만..
유난히 특별한 기억으로 남은 한 사람이 있습니다.

군대 시절 그는 제가 근무하던 소대에 1년도 넘는 터울의 후임으로 전입
해 왔습니다.
달리 특별할 것이 없는 후임 병사였는데..
저보다 4살 더 나이가 많았기에 아주 부담스러운 후임이 되었습니다.

뭐, 군대는 나이보다 계급이지만 신경이 쓰이는 것은 어쩔 수 없었습
니다.
그래서 저는 남들 눈에 띄지 않는 범위에서 그에게 이런저런 배려를 해
주었습니다.

그러던 어느 날,
그 후임 병사와 야간 경계근무를 함께 서게 되었습니다.
보초를 서러 가면서 후임병이 말했습니다.

"제가 같이 근무서고 싶어서 일부러 부탁해 근무조 바꿔서 같이 보초서는 겁니다~~"
"아니, 왜?"
"너무 잘해 주셔서..."

그렇게 두 시간 동안 함께 보초를 서며 참으로 많은 이야기를 나누었습니다.
이전에도 이야기를 나눈 적은 있으나 그토록 깊은 대화는 처음이었습니다.

그날 그 대화 이후 우리는 더 가까워졌고..
계속 함께 근무를 설 수 있도록 부탁을 했고, 더욱 많은 이야기들을 나누었습니다.

그가 꿈에 그리던 첫 휴가를 다녀오더니..
복귀하는 날 저에게 슬쩍 시집 한 권을 선물로 주었습니다.
너무 뜻밖의 일이라 깜짝 놀랐습니다.

"꼭 읽어보면 좋을 것 같아서 샀어요."
그가 책을 내밀며 멋쩍은 듯이 했던 말입니다.

이렇게 우리는 각별한 사이가 되었고..
힘든 군 생활 서로를 위로하는 사이좋은 전우가 되었습니다.

일곱 번째 이야기 : 고맙지 않은 사람이 어디 있으랴...

(비록 그가 후임임에도 저를 놀리곤 하는, 그러다 선임들에게 걸려 같이 혼나는 사이...)

그런데 뜻밖으로 전역을 근 8개월 앞두고..
우리 부대가 휴전선 철책으로 근무지를 옮기게 되었습니다.

전원 부대 이동을 하게 되었지만..
그는 운동권 출신이라는 이유로 신원조회에 문제가 있었는지..
다른 후방 부대로 전출을 가게 되었습니다.

그렇게 그와의 관계는 갑작스레 끝이 났습니다.
일반 병으로서 그의 행방을 수소문하기란 마땅치 않았고..
당시 군대가 그리 호락호락하지 않았기도 했기 때문에..
말 그대로 서로의 인연을 운명에 맡기며..
쓸쓸히 손을 흔들어 인사를 나누고 헤어졌습니다.

저는 휴전선에서 근무를 마치고 전역을 하고..
복학을 했습니다.

그리고 군대생활이나 함께했던 전우들도 차츰 잊혀져 가고..
학우들과의 학교생활에 익숙해질 무렵의 어느 날..
제가 살던 집 대문이 열리며 키 큰 남자가 들어서는 것이었습니다.
바로 그때, 부대 이동 때 헤어졌던 '후임병'이었습니다.

잠시 멍하니 얼굴만 바라보다가...

"도대체 여기를 어떻게 알고 왔어?"
"학교로 찾아가서 학과사무실 근처에서 학생들 붙잡고 물어봤지. 하하하"

그는 예전처럼 사람 좋은 웃음을 웃었습니다.
마치 일부러 나를 놀라게 하려는 사람 같았습니다.

군대시절, 어느 학교 무슨 과를 다닌다고 말했던 것을 기억하고..
막연히 학교로 찾아왔던 것입니다.
그리고 마침 우리 과 학생들을 만나 저의 집을 찾아올 수 있었다는 것입니다.

그렇게 그와의 인연이 다시 이어졌습니다.
호칭도 이제는 자연스레 형, 동생으로 바뀌었지요.

그는 직업 특성 상.. 몇 년 걸러 한 번씩 거주지를 옮겼고..
내가 그에게 놀러가거나.. 그가 나에게 놀러 올 때도 있었습니다.
물론 나중에는 혼자가 아닌 가족과 함께였습니다.

지금도 기억합니다.
그 무더운 여름.. 아마도 이맘때쯤.. 그가 부산에서 지낼 때..

일곱 번째 이야기 : 고맙지 않은 사람이 어디 있으랴...

그를 만나러 충북에서 부산으로 먼 길을 달려갔었고..
온 가족이 해운대 바닷가며 자갈치 시장을 돌아보았었습니다..
지금까지의 제 마지막 부산 방문이고.. 부산의 추억인 셈입니다.

그런데.. 그는.. 그렇게 만나 술잔을 기울일 때 마다..
늘 다그치듯 묻는 말이 있었습니다.

"글은 언제 쓸 거야?"
저는 작가가 아니었는데.. 그는 늘 나에게 글을 언제 쓸거냐며..
어서 글을 쓰라고 재촉했습니다.

도대체 작가도 아닌 내가 왜 글을 써야 하냐고 해도..
막무가내로 글을 쓰라고.. 빨리 쓰라고만 우겨댔습니다.

"형... 편지 좀 쓴다고 작가가 되어야 하는 건 아냐."
"그래도... 작가 되고 싶어 했었잖아."

글을 쓰라는 그의 끊임없는 재촉을 받은 지..
근 20년이 되어서야 저는..
본격적으로 글이라는 것을 쓰기 시작했습니다.

그리고.. 그 즈음..
갑자기 그에게 연락이 닿지 않았습니다.

도통 전화를 받지 않았던 것입니다.

무슨 일이 있는 건가.. 막연히 생각하던 때에..

근 일 년이 넘어서야 느닷없이 그에게서 전화가 왔습니다.

갑작스런 병마로 투병생활을 했다는 것입니다.

그래서 연락을 못했다는 것이었습니다.

이제는 차츰 나아지고 있다고..

그리고 지금 이럴 때 읽어볼 만한 책을 추천해 달라고 했습니다.

아무에게도 연락을 하지 않았다고...

사람을 만나기도 어렵다고...

아직도 불안정하다는 말에서...

그가 어떤 상태인지.. 어떤 상황인지 대충 느껴졌습니다.

그의 부탁대로 저는 몇 권의 책을 추천해주었고..

그는 또 굳이 나에게 책 선물을 해주겠다며 고집을 부렸습니다.

그렇게 그는 일 년에 서너번 연락을 주었습니다..

그때마다 책을 추천해 달라고 하고는..

저에게도 책을 선물해 주었습니다.

우리는 계속 책에 대한 이야기를 나누었고..

그 책을 통해 삶과 희망과 사랑을 말 했습니다.

일곱 번째 이야기 : 고맙지 않은 사람이 어디 있으랴...

항상 긍정적으로 받아주던 그가 느닷없이 저에게 문자로..
회의적인 내용의 글을 보냈습니다.

저는 그에게 답장을 하면서도..
과연 이 글이 그에게 위로가 될까 하는 의구심이 들었지만..
그래도 그 어떤 아픔 조차에도 얽매이지 않는 자유로운 삶에 대해..
말 했습니다.

그런 말을 하면서도 두렵고 미안 했지만..
그래도 그런 말을 해줄 수 밖에 없었습니다...

두렵지 않는 삶...
후회도 미련도 없는 온전하게 내 삶을 살아가는 삶 속에..
사람은 자유로워 질 거라 믿는다고...
그렇게 자유로워져야 한다고...

그리고...
·
·

그는 자유로워졌습니다.
더 이상 그 무엇에도 얽매이지 않는 자유로운 존재가 되었습니다.
진정한 자유가 되었습니다.

이제.. 20년 넘도록 나에게 책을 선물해 주던 그가..

더 이상 지와 함께 할 수 없습니다..

더 이상 그런 감동의 책 선물을 해줄 수 없이...

홀쩍.. 떠나버렸습니다..

20년 전 불쑥 나를 찾아왔듯이..

그렇게 홀쩍.. 떠나버린 거지요..

이제는 그 사람과 통화를 할 수도.. 얼굴을 볼 수도 없습니다..

하지만 그 사람, 많은 사람을 행복하게 했던 사람이기에..

분명 또 다른 어디에서 누군가의 행복을 만들어 주고 있다 믿습니다.

'당신은 세상을 너무 많이 사랑했잖아..'

'당신 참 좋은 사람이고 순수한 사람 맞아..'

'당신이 세상에 뿌려놓은 사랑이 너무 많아.. '

'그래서 당신이 사랑한 사람들은 꼭 행복할 거야..'

'나에게도 당신이 나눠준 사랑과 감동은 아주.. 오래도록 빛날 거야..'

돌이켜 보면 그가 저에게 책과 함께 남겨준 것은 감동입니다.

설마.. 그 사람이 찾아올 줄이야..

설마.. 그런 선물을 할 줄이야..

설마.. 그 사람이 잊지 않고 기억해줄 줄이야..

일곱 번째 이야기 : 고맙지 않은 사람이 어디 있으랴...

처음 만날 때부터..

그는 늘 설마 하는 상황에서.. 뜻밖의 일로..

넉넉한 마음 씀씀이로 감동을 준 사람입니다.

그의 오랜 책 선물은..

아주.. 오래도록 제 기억 속에서 은은히 빛날 것입니다..

그런 깊은 감동은 어쩌면.. 이제 더 이상..

쉽지 않을 것입니다..

그래도 딱 하나는 아쉬움이 남습니다..

너무 고마웠다고.. 부디.. 잘 가라고...

오래도록 당신을 기억한다고...

세상에서 가장 고독한 존재.. '아버지'..라는 이름..
− 차마 외롭고 고독하다 말 할 수도 없기에 더더욱 고독한 이름..

아버지.. 마음은 예전 그대로이지만 이미 몸은 지칠 만큼 지쳐버린 중년
의 아버지..
지금껏 가족을 지켜냈지만 이제 그는 점점 세상에서 가장 고독한 존재
가 되어 갑니다.

수컷 펭귄이 알을 부화시키기 위해 2개월 동안을 영하 79도에서 먹지도
않고..
추위와 배고픔에 견뎌야 할 때는..
그 어떤 위대한 삶의 이유가 있기 때문이 아닙니다.

그냥 자기 온 힘을 다해 살아남고..
거기에 더해 새 생명을 탄생 시키고 지켜내겠다는..
단지 그 이유뿐 입니다.
하지만 그것을 단지 본능으로만 치부하기에는 너무도 숭고하고 위대합
니다.

우리 아버지들의 삶도 그러합니다.

그냥 가족들을 위해 참고 견디는 것뿐입니다.

그 지독한 추위 속에서 묵묵히 얼음바람을 견디듯..

그래서 가족을 지켜낸 세상의 아버지들은 모두 대단한 것 입니다.

단지 그것만으로도 충분히 대단한 것 입니다.

거기에 더해.. 비겁하지 않고, 악한 짓 하지 않고, 정의의 편에 선 아버지라면..

그들은 모두 위대한 삶을 살아가는 것 입니다.

사람들은 인생의 이유에 대해 여러 가지 고상한 이야기들을 합니다.

무언가 업적을 남기고.. 이름을 남기려고도 합니다.

그런데 그것은 좋은 집안에서 태어나 먹고 살만한 사람들이나 하는 고차원적 의미일 수도 있습니다.

단순히 먹고 살기도 버거운 사람들은 그냥 열심히 사는 것..

아직 살아남아 있는 것만으로도 숭고 합니다.

거기에 더해 자신의 가족까지 지켜내고 있다는 것만으로도 위대한 것 입니다.

이제는 그런 아버지의 삶과 눈물을 이해해주어야 합니다.

그런 고독한 삶을 견딘 아버지에게 따뜻한 감사의 마음을 말해주어야 합니다.

언젠가는 지금의 그 무뚝뚝한 아버지가 그렇게 될 것 입니다.

아버지를 꼭 안아주지 못한 것을 후회하게 될 것 입니다.

꼭 그런 이유 때문이 아니라 해도 지독하게 힘겨운 삶을 잘 버틴..
한 인간에 대한 예의와 존중의 마음으로.. 아버지의 손을 잡아 드려야 합
니다.

늘 아버지의 이름으로, 남자의 이름으로..
참아야 했고, 이해해야 했고, 견뎌야 했고, 양보해야 했던 사람..

아무리 외롭고 힘들어도 차마 그 누구에게도 약한 모습 보일 수 없어..
속울음만을 삼켜야 했던 사람..
속이 타 들어 가는 답답함을 쓴 소주로 달래지만..
그래도 풀리지 않는 발걸음으로 쓸쓸히 돌아와야 했던 사람..

그저 술이나 퍼 마시는 속없는 사람으로 오해 받았던 사람..
그러나 끝내 그 자리를 묵묵히 견디는 그 이름, '아버지'..

그래서 '어머니'라는 이름만큼 '아버지'라는 이름도 아름답습니다.
'아버지'라는 이름도 위대 합니다.
그런 평범하지만 위대한 아버지가 바로 이 세상의 '아버지' 입니다.

이제 '아버지'를 무심하다고만 오해하지 않았으면 합니다.
'아버지'들도 참으로 힘들고 외로운 사람들입니다.

일곱 번째 이야기 : 고맙지 않은 사람이 어디 있으랴...

아버지도 어머니와 마찬가지로 가족에 대한 사랑은 모두 같지만..

어머니의 사랑은 자식들과 직접적으로 함께하기에 그 사랑이 좀 더 쉽게 느껴지고..

아버지 사랑은 간접적이기에 눈에 잘 보이지 않는 것일 수도 있습니다.

가족에 대한 헌신하고 절실한 사랑은 모두 마찬가지일 수 있습니다.

아버지라는 이름으로 냉정한 세상을 헤쳐 가는 것만으로도 어렵고 힘든데..

가족들조차 그 마음을 몰라주면 얼마나 쓸쓸하고 고독할까요..

어머니라는 이름도 많이 힘들고 어렵지만.. 아버지라는 이름도 그 못지 않게 힘이 듭니다.

어쩌면 오히려 더 힘들 수도 있습니다.

이미 너무 오랫동안 남자는 늘 가슴으로 삭혀야한다고 배워 왔기에..

차마 힘들다고 내색조차 할 수 없기에..

차마 외롭고 고독하다고 말 할 수도 없기에..

세상에서 가장 고독한 존재.. '아버지'..라는 이름..

오늘은 그 '아버지'의 손을 꼭 잡아주며.. 고맙다고.. 사랑한다고..

그래도 당신을 좋아한다고.. 말하고 싶습니다..

지금.. 내 곁에 '아버지'가 계셨다면..

그때.. 그.. '아버지'가 계셨다면.. ..

자신을 찾는 모든 사람들에게 행복을 나눠주는 사람..
– 찾을 때마다 편안한 미소를 떠오르게 만들어 주는 사람..

'오뎅 언니'라는 상호의 작은 어묵집이 있어..

'어묵', '떡볶이', '가락국수', '순대'를 파는 야간 포차지..

밤에만 문을 열기에.. 늦게 끝난 직장인과 학생들, 야근 하다 잠시 짬을

낸 사람들..

그리고 한잔 마시고 속풀이를 하려고 찾은 술꾼들이 대부분이야..

그런데 그렇게 다양한 연령과 직업의 사람들이 찾는 가게지만..

그곳을 찾는 사람들에게는 공통점이 있어..

사람들은 그 '오뎅' 가게에서 참 착해진다는 거야..

오뎅 국물을 '후후' 불며 순해지고..

살짝 식힌 국물을 '호로록'대며 마시면서도.. 참 겸손해져..

친구끼리 가락국수 한그릇을 서로 사이좋게 나눠 먹으면서도 착해지

고..

연인끼리 떡볶이를 하하호호 소곤대며 찍어 먹으면서도 행복해져..

너나 할 것 없이 모두 웃음꽃이 피고.. 착해지고 행복해지는 거지..

그래서 '오뎅 언니'로 불리는 그 어묵집 사장님을 보면 참 부러워져..
자기를 찾는 모든 사람들을 행복하게 해주는 사람이니까..
단지 '오뎅' 국물만으로도.. 어설픈 글쟁이의 글보다..
더 많은 사람들을.. 더 편안히 행복하게 해주는 사람이니까..

'오뎅 언니'를 볼 때마다 비록 작은 포차 주인이지만.. 그런 '오뎅 언니'의 삶이..
그 어떤 직책 높은 사람이나, 돈 많은 부자 보다.. 사람들에게..
더 큰 기쁨과 행복과 평화를 나눠주는 삶이라는 생각이 들어..

사람들이 근엄한 '법관' 앞에서는 싸우고, 화내고, 기만하고, 속이고, 약해지지만..
'오뎅 언니' 앞에서는 서로 다정히 눈을 마주치며.. 편안하고 행복하게 웃고 있지..

그렇게 자기 앞에 마주한 사람을 잠시라도 편히 쉬어가게 만드는 사람..
지친 하루를 쉬고.. 힘든 순간을 내려놓고.. 맘 편히 웃을 수 있게해 주는 사람..
다른 곳에서 비록 아웅다웅 다투고, 원망하고, 미워하고, 욕해도..
그 사람 앞에서만큼은.. 착해지고.. 순해지고.. 다정하고.. 평화롭게 만드는 사람..

그래서 '오뎅' 가게 주인은 성공한 거야..

세상의 성인들이 가르치는 사랑, 행복, 깨달음이 이런 거 아닐까..
자기와 눈을 마주치면 웃을 수 있게 만드는 사람..
가게 문 며칠 닫으면.. 아프냐고 걱정하고 기다리는 사람들이 있고..
더 높은 자리에 앉아 있지 않고.. 서로 마주보며.. 기분 좋게 덤을 나누고..
속풀이 국물을 넉넉히 퍼주며.. 단골도 주인도 서로의 행복을 빌어주게 만드는 사람..
그런 것만으로도 '오뎅 언니'는 행복하고 즐겁다는데..
그런 것만으로도 '오뎅 언니'는 성공한 것 아닐까..

간혹, 무엇이 행복이고, 무엇이 사는 거냐고 묻기도 하지..
또 더 크게 성공하고 싶고.. 더 멋진 삶을 살고 싶기도 하지..
그래, 그러면 좋겠지..

하지만 꼭 그런 것만이.. 성공한 삶이고 행복한 삶은 아닐 거야..
지치고 힘든 순간, 그 누구에게도 위로 받지 못하는 사람..을 단지 국물 한 사발로라도..
그 국물을 들이키는 순간만이라도.. 마음 편하게 해줄 수 있는 사람이라면..
그런 것만으로도 성공한 삶일 거야..

일곱 번째 이야기 : 고맙지 않은 사람이 어디 있으랴...

단지 술잔에게서만 위로 받던 그 사람이..

그 순간만큼은 그 누구에게서도 위로 받을 수 없었던 그 사람의 쓸쓸함이..

그 어묵 가게 주인 덕분에.. 위로 받을 수 있었다면..

그런 위로를 해 줄 수 있다는 것으로도 행복한 삶일 거야..

그래서 오래도록 자연스럽게.. 그 사람을 또다시 찾게 되고..

찾을 때마다 편안한 미소를 떠오르게 만들어 주는 사람이라면..

그 삶도 분명 그 누구보다 소중하고 아름다운 삶이 아닐까..

고맙지 않은 사람이 어디 있으랴..
- 하물며 나를 사랑해주는 그 사람은.. 얼마나 더 고마운 존재냐..

마주 앉은 사람마다.. 고맙지 않은 사람 어디 있으랴..
이 험한 세상.. 이렇게 살아남아 있는데..

내 이야기 들어주는 사람마다.. 고맙지 않은 사람 어디 있으랴..
넘쳐나는 말들 속에서.. 더 달콤한 말들만 찾고 있는데..

털털한 모습으로 함께 하는 사람마다.. 고맙지 않은 사람 어디 있으랴..
무리지어 잇속 차리기 바쁨 속에.. 편안히 술 한 잔 따라주며 잔 부딪혀
주는데..

그 옛날 현자로 불리던 '한비자'는 말했었지..
사람은 이익을 위해 움직인다고.. 아주 냉정하고 야박하게 말했었지..
그래 그 말도 맞겠지..

하지만.. 여기 이렇게.. 그냥 함께하는 것이 좋아서..
힘든 사람을 안아주고.. 비틀거리는 사람을 잡아주고..
넘어진 사람을 일으켜주는데..

손 잡아주는 그 사람마다.. 고맙지 않은 사람이 어디 있으랴..

이렇게 고마운 사람으로 가득 찬 세상살이인데..

고맙지 않은 날들이 어디 있으랴..

이렇게 고마운 날들로 가득 찬 세상살이인데..

고맙지 않은 이유가 어디 있으랴..

하물며 함께하는 사람 모두가 고마울진데..

나를 사랑해주는 그 사람은.. 얼마나 더 고맙고 소중한 존재냐..

이렇게 고마움으로 가득 찬 세상살이인데..

어찌 아파만 하고.. 어찌 슬퍼만 할 거냐..

그래, 나 그 모든 고마움에 되돌려 줄 것 없어..

그 고마움이라고 전하려 글을 쓰네..

지금이 아프거든.. 지금이 힘들거든..

그래도 함께하는 사람이 있다는 것만으로도..

고마움이 되는 거라고.. 위로가 되는 거라고..

그렇게 사는 거라고.. 그래서 사는 거라고.. 세상에 전하네..

고맙지 않은 사람 어디 있느냐..

고맙지 않은 날이 어디 있느냐..

그런 고마움 속에..

오늘도 이렇게..

살아가네..

_____

살면서.. 때로는 사람에 힘들고.. 사람에 아프지만..

그래도 살면서 누군가를 더 사랑하고 희생해서 후회 되는 건 없습니다.

단지 그렇게 사랑하지 않았기에 후회 됩니다.

그래서 상대방이 내 마음을 몰라준다고 서운해 하기도 하고.. 상처 받기도 하지만..

더 멀리.. 더 크게 보면.. 더 사랑해서 본 손해는 손해가 아닙니다.

나로 인해 누군가가 즐거웠다면 그것으로도 잘한 일이고..

내 자신이 더 괜찮은 사람으로 남는 일입니다.

그리고 결국 그렇기에 지나고 나서 내 마음이 편하니까..

배려와 진심의 마음을 줬던 그 사람의 잘못이 아니라..

배려와 진심의 마음을 못 받아준 저 사람의 잘못입니다.

메마른 땅에 비를 내려준 하늘의 잘못이 아니라..

너무 메마른 땅이라 오히려 그 빗물을 튕겨 버리는 굳어 있는 대지가 잘못이듯..

일곱 번째 이야기 : 고맙지 않은 사람이 어디 있으랴...

꽃잎에 내린 아침 이슬의 잘못이 아니라..
닫힌 꽃송이의 고개 돌림으로.. 이슬조차 못 받아준.. 그 닫힌 마음이 잘못이듯..

사랑을 나누어준 당신의 잘못이 아니라..
사랑을 받지 못한 그 사람의 잘못입니다.

그리고 그 인연의 시간이 길지 않다고 해서..
우연히 만나 스쳐 지나는 인연이라 해서..
사람과 사람의 인연을 그냥 흘려버린다면..
그것 역시도 사람의 소중함을 모르는 그 사람의 잘못입니다.

꽃향기는 오래가지 않아도 그 향기로 사람을 기분 좋게 하고..
바람은 오래 머무르지 않아도.. 그 사람을 시원하게 합니다..

사람과 사람의 인연도 그렇습니다.
꼭 길게 오래 만나야만 가치가 있고 소중한 것은 아닙니다.
어쩔 수 없는 짧은 인연일지라도 그 나름의 소중함이 있습니다.

그 인연이 길건.. 짧건 간에..
그래도 지나고 보니 고마움으로 함께 했던..
모든 기억이 소중하게 남습니다.
사랑으로 남습니다.

결국 그래서 인생은.. 사랑만이 남습니다..
그래도 사랑만은 남습니다..

"그래, 고맙지 않은 사람이 어디 있으랴.."

삶이 작아지더라도.. 사랑이 작아지지는 말자..

– 언제나.. 또는 여전히.. 남겨질 것들에 대해..

아직도 인생을 모른다.. 하지만 사랑은 안다..

삶에 길을 잃고 헤매더라도.. 사랑까지 잃어버리지는 말자..

세상에 대한 성공을 얻지 못해도.. 사랑을 놓지는 말고..

살아감에 욕심을 버리더라도.. 사랑을 버리지는 말자..

위선과 모순으로 뒤범벅된 세상사에.. 분노에 불길이 일고..

억울함과 울분이 들끓는 날들일지라도.. 분노로만 세상을 대하지 말고..

그래도 사랑의 마음만큼은 예전 그대로.. 순수한 맘 변하지 말자..

아무리 세상사가 냉정한 듯 하고..

많은 사람들이 남들을 외면하고 있는 듯 해도..

그래도 단지 그것만이 아니고.. 보여 지지 않는 사랑도 있기에..

활화산처럼 터지는 분노로만 살아가기에는..
삶은 참으로 소중하고.. 사랑은 너무도 아름답구나...

그래서 아무리 스스로가 초라하게 느껴져도..
설령 그렇게 초라한 사람의 사랑일지라도..
그 사랑만은 초라하지 않기에.. 사랑함을 주저하지는 않도록 하자..

아직 사랑하고 있다는 것만으로도.. 그 사람의 존재는 빛나고..
세상에 부족한 사랑은 있을지라도.. 못난 사랑은 없고..
그 모든 사랑은 소중하고 아름다운 것이기에..

세상사에 지치고.. 성공만큼 실패도 익숙해져..
기쁨보다 힘겨움이 익숙해질 때라도.. 지금 사랑한다면..
그래도 사랑할 수 있는 오늘이 고맙습니다.. 라고 말하도록 하자.

아직도 인생이 뭔지 잘 모른다..
그러나 사랑이 무엇인지는 알고 있다..
무엇을 위해 사느냐는 잘 모르지만.. 왜 사랑해야하는지는 알기에..
그 사랑 덕분에 인생의 날들을 그나마 행복하게 살고 있는 것..

완벽한 인생은 없고.. 완전한 사랑은 없지만..
오래도록 이어지고.. 평생토록 소중한 사랑은 있다..

이제 세상이 외면해도 사랑을 외면하지는 말자..

살아있음을 증명해주는.. 마지막 생명줄은.. 사랑이기에...

그래도 마지막까지 남겨지는 건 사랑이니까..

삶이 작아지더라도.. 사랑이 작아지는 말자..

꿈이 작아지더라도.. 사랑이 작아지는 말자..

별빛이 없는 밤일지라도 별이 없는 것은 아니다.

무겁고 깊은 밤일지라도 어느 곳에서 또 저 별은 소중히 빛나고 있듯..

마치 세상이 차갑고 냉정한 듯해도 어느 곳에서 그 사랑은 소중히 빛나
고 있다.

등대가 보이지 않는 바다일지라도 등대가 없는 것은 아니고..

새가 보이지 않는 산일지라도 새가 없는 것은 아니듯..

사랑하는 사람과 함께 하지 않는 밤일지라도..

그 사람에 대한 사랑이 없는 것은 아니다.

그래서 당신과 함께 하지 않는 밤일지라도..

당신에 대한 사랑이 없는 것은 아니다..

사랑은 보이지 않는 곳에서 조차도 함께하기에..

그렇게 사랑은 사랑이다.. 아름답고 소중한 사랑이다..

그래.. 사랑하여라..
단지.. 사랑하여라..

―― 끝 ――

고맙지 않은 날들이 어디 있으랴

초판 인쇄 2023년 1월 11일
초판 발행 2023년 1월 15일

지은이 강목어
펴낸이 김태헌
펴낸곳 스타파이브

주소 경기도 고양시 일산서구 대산로 53
출판등록 2021년 3월 11일 제2021-000062호
전화 031-911-3416
팩스 031-911-3417
전자우편 starfive7@nate.com